KB127226

과학으로 풀어쓴

# 訓 民 正 音
## [·훈 민·정 음]

金 丞 煥 著

**세종대왕 어진**

조무호 作. 석봉도자기미술관 소장
이 어진의 원작 그림은 故 김기창 화백이 그려 1970년 국가 표준영정으로 지정.
원작은 비단채색화로 영릉 세종전에 봉안되어 있으며
이 작품은 사기질 도판에 원작의 4배 정도 크게 제작되었다.

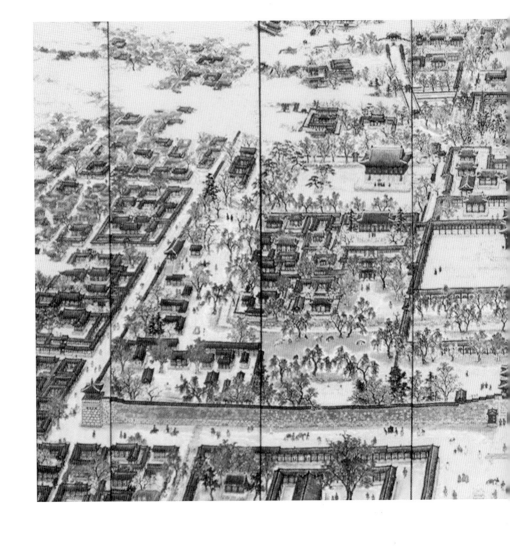

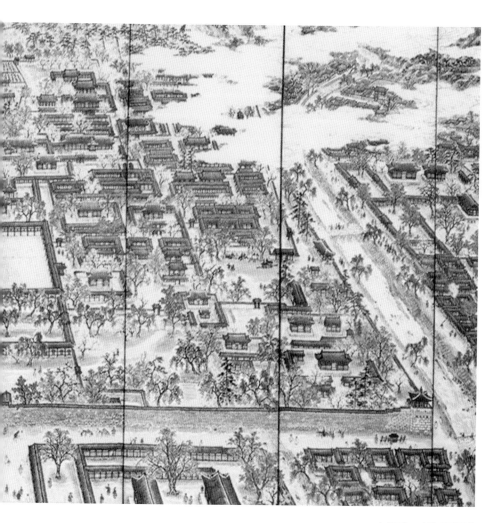

## 북궐도(北闕圖)

김학수(1919~2009년), 1975年作. 국립고궁박물관 소장
고종 중건 당시의 경복궁 모습을 '북궐도형'을 토대로 그린 상상도이다.

## 영조·정순왕후가례도감 의궤

서울대학교 규장각 소장.
759년 영조가 계비 정순왕후를 맞이할 때의 혼례절차를 기록한 의궤로 상·하권으로 되어있고
하책 말미에 50면의 천연색 반차도가 실려 있다. 그 중 위 그림은 정순왕후의 가마행렬이다.

## 종묘제례악

종묘제례악(宗廟祭禮樂)은 조선시대, 종묘에서 역대 임금의 제사 때에 쓰이던 음악.
세종 말기에 창작한 〈정대업(定大業)〉과 〈보태평(保太平)〉을 엄숙한 가운데
기본음이 살아있는 예악으로 다듬은 것으로 이를 통해 정음을 완성하기 위함이었다.
1996년에 유네스코 세계문화유산으로 지정되었으며, 무형문화재 제1호이다.

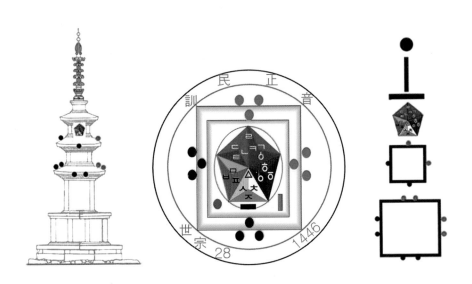

〈 天文 / 聲韻 / 性理學 訓民正音 創制圖 (2012. 12.) 〉

正音　一　2012. 12　竹清

訓民正音
國之語音異乎中國與文字
不相流通故愚民有所欲言
而終不得伸其情者多矣予
爲此憫然新制二十八字欲
使人人易習便於日用矣

ㄱ 牙音如君字初發聲
ㅋ 牙音如快字初發聲
並書如虯字初發聲
ㆁ 牙音如業字初發聲
ㄷ 舌音如斗字初發聲
並書如覃字初發聲
ㅌ 舌音如吞字初發聲
ㄴ 舌音如那字初發聲

正音　二　2012. 12　竹清

ㅂ 脣音如彆字初發聲
ㅍ 脣音如漂字初發聲
並書如步字初發聲
ㅁ 脣音如彌字初發聲
ㅈ 齒音如即字初發聲
並書如慈字初發聲
ㅊ 齒音如侵字初發聲
ㅅ 齒音如戌字初發聲
並書如邪字初發聲
ㆆ 喉音如挹字初發聲
ㅎ 喉音如虛字初發聲
並書如洪字初發聲
ㅇ 喉音如欲字初發聲
ㄹ 半舌音如閭字初發聲

〈 正音解例 〉

△半齒音。如穰字初發聲

·如呑字中聲

一如即字中聲

ㅣ如侵字中聲

ㅗ如洪字中聲

ㅏ如覃字中聲

ㅜ如君字中聲

ㅓ如業字中聲

ㅛ如欲字中聲

ㅑ如穰字中聲

ㅠ如戌字中聲

ㅕ如彆字中聲

終聲復用初聲。○連書脣音

之下。則爲脣輕音。初聲合用

則並書。終聲同。·一ㅗㅜㅛㅠ

附書初聲之下。ㅣㅏㅓㅑㅕ

附書於右。凡字必合而成

音。左加一點則去聲。二則上

聲。無則平聲。入聲加點同而

促急

〈 正音解例 〉

# 차 례

# 머 리 말

## 訓民正音훈민정음의 出處출처에 대하여

本書본서는 世宗세종 28년(1446) 集賢殿집현전 學者학자들이 정리하여 펴낸 訓民正音훈민정음에 관한 것이다.

1940년 慶北경북 安東안동에서 책이 發見발견되어 全鎣弼전형필 선생님이 保管보관해오다 현재는 澗松간송 美術館미술관이 所藏소장하고 있다. 政府정부는 國寶국보 제70호로 指定지정하였고, 1997년 유네스코 世界記錄遺産세계기록유산으로 登載등재하였다.

訓民正音훈민정음은 朝鮮語學會조선어학회에서 影印영인한 바 있고, 한글學會학회에서 일부 오류가 있다 하여 수정 影印영인하였다. 현재는 "訓民正音解例本 훈민정음해례본"이라 부른다.

또한, 慶北경북 安東안동 地域지역의 大韓佛敎曹溪宗대한불교조계종 光興寺광흥사 寺刹사찰의 服裝遺物복장유물임을 主張주장하는 또 다른 眞本진본이 慶北경북 尙州상주에 거주하는 배익기님에 의해 공개된 바 있다.

## 言語學的언어학적 觀點관점에서

言語的언어적 側面측면에서 살펴보면, 지구촌에서 글자는 유일하게 韓字한자가 유일하다. 中國語중국어에서 使用사용하는 글자는 漢字한자라 부르고 우리 글자와 同一동일하나 中國중국에서는 古代고대글자를 새로 制定제정하여 簡體字간체자를 사용하고 日本일본도 글자를 새로 變形변형하여 사용하고 있다.

大韓民國대한민국은 古代고대로부터 써오던 글자를 持續的지속적으로 변함 없이 保存보존하면서 言語언어의 歷史역사를 지켜오고 있는 것이다.

글자는 中國중국의 글자와 같이 동일한 글자를 함께 사용하여 왔으며, 글자의 모양은 같고 글자만 韓字한자와 漢子한자로 다르다.

大韓民國대한민국에서는 韓한의 글자라 해서 글자를 韓字한자라고 하고, 중국의 글자는 한나라 때 사용한 글자라 해서 漢字한자로 다르게 부르고 있는 것이다.

그러므로 우리의 글자는 韓字한자, 우리의 말은 正音정음이고, 중국어의 글자는 漢字한자로 이해하면 될 것이다. 이제부터 글자는 韓字한자라고 이해하고 읽기 바란다.


또한, 언어체계에서 지구촌의 글자(韓字한자) 이외의 문자라고 하는 것은 모두 발음기호에 속한다. 편의상 문자 또는 소리문자라고 한다.

글자는 말, 글, 뜻이 모두 포함하는 것이 언어체계의 근본을 갖추었다고 볼 수 있다.

글자를 만들기 이전에는 소리를 받아 적을 수 있는 소리문자가 있었다. 古朝鮮고조선 시대의 문자가 있었고 文明문명이 발전하면서 글자를 만들어 소리문자와 함께 쓰여왔다.

현재 고조선 지역에서 "明刀錢명도전"으로 명명한 遺物유물에 소리문자와 글자가 함께 표기된 모습을 볼 수 있다.

필자는 명도전은 公共공공 기관에서 月曆월력으로 사용한 유물로 생각되며 훈민정음의 정음으로 자연의 소리를 따라 소리문자를 풀어낼 것으로 생각한다.


고대에서는 언어를 말은 音韻學음운학, 글은 形態學형태학, 뜻은 訓詁學훈고학으로 분리하여 각기 단편적으로 다루어온 경향이 있었다.

世宗세종은 언어체계에 자연의 이치를 좇으니 말, 글, 뜻을 일치해

야한다고 생각했다. 그렇게 해야 소리는 영원불멸의 소통의 도구로 자리를 잡을 것으로 생각하였다.

말소리는 자연의 소리로부터 말이 생성된다는 선대들의 깊은 省察성찰을 깨달아 고대로부터 이어온 우리의 말소리를 바르게 기록하려는 意圖의도가 새로운 정음을 만들게 한 것이다.

선대들은 사람이 내는 말소리와 자연의 소리를 한자와 부수로 소리 기호를 삼아, 말소리를 표기하는 방법을 생각하였다.

소리는 사물에서 나오는 소리가 자연의 근본소리임을 깨달았다.

또, 그 자연의 소리의 音價음가를 찾은 후 바르게 소리기호를 표기하고, 표기된 기호에서 다시 자연의 소리와 같은 소리로 再現재현이 될 수 있는 정음을 찾으려 애써왔다.

정음이 제정된 후 글자에 말과 뜻을 정음으로 표기하고, 글자로 정하기 어려운 근본소리도 정음으로 함께 표기할 수 있게 하였다.


일반적으로 국가가 발전하면 科學과학과 文化문화가 隆盛융성하면서 글자의 수가 늘어나는 법이다. 중국에서는 한나라 때 약 8만 자까지 글자를 사용하였다 한다.

그러나 과학의 발전과 더불어 과학을 설명하는 새로운 표기를 위한 數學수학이 발전하면서 사용글자의 수가 줄어들게 되었다. 그러므로 세종은 글자의 수를 줄여 운회를 간행한 것이다.

지금으로 말하면 "玉篇옥편"을 만든 것이다.


언어체계에 맞춰 소통에는 별 무리가 없다고 판단하여 세종은 약 만자의 글자를 선별하고 각 글자마다 새 正音表記法정음표기법에 따라 말, 글, 뜻을 정음으로 표기하여 어원집 "古今韻會擧要고금운해거요"를 간행하였다.

"고금운해거요"의 글자에 정음만을 표기하고 소리는 같으나 뜻이

다른 글자(同音異議語동음이의어)를 정음글자를 모아 분류하여 音原集음원집 "東國正韻동국정운"을 刊行간행하여, 소리를 쫓아 글자를 찾기 쉽게 하였다.

글자는 그 뜻을 기록으로 남기는 것이 유일한 방법이다. 정음은 글을 읽거나 생각을 가까이에서 상대방과 대화하기에 적합하다. 문제는 그 모든 글자를 각각 말로 다할 수는 없다.

사람이 그 많은 글자를 말로 소리를 내기는 어렵고 듣기도 불가능하다. 그러므로 적은 수의 말로 많은 글을 전하기 위해서는 동음이의어를 사용할 수 밖에 없다.

약 2천 개 내외의 소리로 1만 자 정도의 글자를 사용할 수 있게 하는 것이다.

이러한 이유로 새로운 정음을 사용하기 위해서는 동음이의어 글자별로 기록한 동국정운이라는 음원 집을 간행하여 언어생활을 도모하려 한 것이다.


## 소리의 構成구성

고대의 언어체계는 말소리를 聲母성모와 韻母운모로 구별하는 2분법적 언어체계였다.

영어 로마자 알파벳 문자와 일본어 가나 문자가 대표적이다.

세종이 창제한 정음은 자연의 이치를 쫓아 음양오행의 과학으로 설명하였다.

말소리와 자연의 소리를 정음으로 쓰기 위한 정음의 字母자모 구성은 初聲초성, 中聲중성, 終聲종성이 되어야 한다는 3분법으로 설명하는 음절문자, 정음의 表記法표기법, 使用法사용법 등을 기록하여 "訓民正音훈민정음"을 간행하였다.

言語體系언어체계의 根本근본을 갖추고, 사용에 있어서 말, 글, 뜻이 서로 어울리니 나라말 疏通소통이 편하고 익히기 쉽게 하였다.

글자를 만드는 부수의 생성원리를 이해하고 부수의 조합으로 새로운 글자가 만들고 음과 훈을 갖추어가는 과정을 통해 세상의 이치를 배우고 익히도록 한 것이다.

母音모음은 소리를 만들어 나는 소리니 11개 기호로 字音자음을 품고 가는 역할을 한다.

자음은 소리를 내고 닫을 때 나는 소리니 모음에 실려 따라간다.

자음과 모음은 陰陽五行음양오행의 원리에 따르는 표준화한 調音조음으로 구성하여 소리가 맑고 크니 정음이 된다.

말소리의 근본이 되었어도 말소리를 내는 標準化표준화된 音음과 韻운을 알 수 있어야 한다.

자연의 소리, 사람이 말하는 소리, 樂器악기가 내는 울림소리 모두 소리의 근본이 같아 자연에서 함께 서로 어울리면서 소리를 익히는 것이니 소리 내는 악기를 整備정비하면서 음을 다듬고, 악기마다 소리를 내기 위한 다양한 演奏曲연주곡이 필요하게 되었던 것이다. 새로 樂理理論악리이론을 定立정립하여 "樂學掛帆악학괘범"을 간행하였다.

雅樂아악, 鄕學향학을 整備정비하고, 곡 짓는 법과 새로 곡을 왕이 직접 지으시면서, 禮樂예악을 통해 조용한 가운데 소리의 근본소리를 편안한 상태에서 들을 수 있게 하여 말소리의 음과 운의 근본 소리인 표준음을 새로 익히게 하여 정음의 완성을 보이려 하였다.

"釋譜詳節석보상절", "月印千江之曲월인천강지곡" 등, 佛經불경을 간행하여 불경의 글자 아래에 정음을 적어 놓아 부처님의 말씀으로 글과 정음을 익히도록 하였으며, 스님들은 새로운 정음으로 讀音독음을 읊도록 하였다.

"龍飛御天歌용비어천가"를 새로운 언어체계로 編纂편찬하여 국가의 位相위상도 정립해 놓았다.

새 언어체계가 완성하기까지는 太宗태종을 시작으로 世宗세종, 文宗문종, 端宗단종, 世祖세조에 이르기까지 오랜 시간에 걸쳐 왕실의 주도적 역할이 있어 정음정착이 가능하였다.

世宗세종이 창제한 訓民正音훈민정음은 말소리의 근본을 찾아 언어체계를 정리하여 표준화한 것으로 과학적 탐구를 통해 완성할 수 있었던 것이다.

세계의 모든 문자도 과학적 과정을 걸쳐 이루어지기 마련이다. 그러나 글자가 없는 소리문자만으로는 완전한 언어체계가 되지 못하는 것이다. 훈민정음은 지구촌의 언어문자 중에서 가장 合理的합리적이고 과학적인 글과 소리가 잘 조합된 언어체계를 갖춘 것으로 세계 문자를 새로 되돌아보는 계기가 될 것이다.

훈민정음은 새로운 시각으로 언어체계를 설명해 주고 있다. 언어를 어떻게 다루어야하는지를 아주 자세하고 완벽하게 알려준다.

## 訓民正音훈민정음의 세계화에 대하여

### 1. 한국어를 표기하는 한글을 지원

한글은 19세기 조선 말기의 호머 헐버트(Homer Hulbert)와 한흰샘(白泉) 주시경 선생을 중심으로 생활에서 사용하는 말소리와 朝鮮時代조선시대의 문헌에서 나타나는 정음의 소리글자를 바탕으로 한글의 체계를 찾아 "가갸거겨"라는 글자를 익혀 쓸 수 있게 하였고, 朝鮮語學會조선어학회의 한글 맞춤법 統一案통일안을 제정하여 글자의 사용법을 정하여 國語국어에 도입하였다.

日本일본의 강제 占領점령기를 통해 한글의 사용법이 대폭 변화가 일어나 언어와 문자가 일본어 표기의 형식인 2분법과 말소리의 근본 소리인 하늘 "●"가 한국어 표기에서 사라지면서 글자의 음가가 변하여 언어가 異質化이질화 되었다.

근대에 와서 訓民正音훈민정음 해례본이 발견되고 정음의 創製原理창제원리에 따라 한글맞춤법통일안을 제정하여 수정보완해 오고 있으나, 광범위한 언어체계에 대한 충분한 이해 부족으로 한글 사용방식에 混亂혼란이 점점 증대되고 있다.

본서의 訓民正音훈민정음 과학적 풀이는 국어에서 한글 사용의 문제에 충분한 답을 제공할 것이다. 부실한 서양언어의 형식을 닮으려는 무지한 언어 체계를 과감하게 수정할 때가 온 것이다.

국어학자들도 과학을 설명하는 언어인 수학의 지식을 가까이 하여 언어과학을 바르게 이해가 필요하고 철저히 국어교육이 이루어져 언어체계를 바르게 다룰 수 있는 국어 교육자를 養成양성해야 하고, 正規정규교육과정에 반영하여 학생들이 학교에서 스스로 익혀 국어를 바르게 쓸 수 있도록 해야 할 것이다.

말하기, 글쓰기, 읽기, 듣기, 노래하기, 글자 익히기를 꾸준히 익혀야 바른 언어생활을 보장하여 소통의 효과를 높일 수 있다. 운동선수가 기본운동을 매일 익히듯이 언어도 매일같이 익혀야 바른 언어생활을 보장할 수 있다. 정규 교육과정을 통해 철저한 교육이 이루어져야하는 것이기 때문이다.

그동안 훈민정음의 평가가 충분히 소개되지 못한 면이 있었고, 이는 한국어가 제자리를 찾지 못하고 이질적으로 가는데도 도움이 되지 못하였다. 훈민정음이 설명하고 있는 단편적 지식을 강요한 국내의 국어학자의 학술활동과 훈민정음의 과학적 풀이의 不在부재는 국어교육의 未熟미숙과 社會사회언어를 복잡하게 만드는 要因요인으로 작용하였다.

이제, 훈민정음의 과학적 풀이로 국내는 물론 국외의 언어학 分野분야에 問題문제의 답을 충분히 제공할 수 있게 되었다.

先人선인들의 위대한 業績업적이 대한민국의 위상을 한층 높아지는 계기가 될 것이다.

## 2. 중국어 글자(漢子)를 정음으로 표기

원래 글자 속에는 말, 글, 뜻이 함께 어울려져 만든 것으로 중국어를 표기하는 글자나 훈민정음으로 표기한 글자 모두 정음으로 표기가 가능하다.

특히, 우리말에 없는 중국어 正齒音정치음, 齒頭音치두음 표기를 위해 別途별도의 표기법을 확대 설명하였다. 중국어의 글자는 우리와 形態형태와 뜻은 같으나 音價음가가 다를 뿐이다. 여기서 뜻은 訓讀훈독, 음가는 音讀음독이라고도 한다.

중국어의 글자에 정음을 적용한다면 영어 알파벳표기법과 비교하여 보다 정확한 표기는 물론 新造語신조어, 外來語외래어 표기를 쉽게 할 것이며, 외래어를 신조어 글자를 생성에 도움이 될 것이다. 세계 모든 언어의 소리를 受容수용하여 自國자국어와 외래어를 함께 기록하면서 사용의 편의성을 제공하는 機能기능을 제공한다.

## 3. 지구촌 각 국가별 언어문자를 음양오행의 언어체계로 설명이 가능하다.

모든 언어문자도 고전 과학의 절차에 의해 만들어졌다. 그러므로 訓民正音훈민정음의 언어체계를 기반으로 각 국가의 문자를 分析분석해 낸다면 문자의 창제와 구성을 이해하는데 도움이 될 것이다.

각 국가의 언어체계의 同質性동질성은 언어 정보처리의 標準化표준화를 統一통일시켜 國際化국제화를 통해 쉽게 疏通소통할 수 있게 도와줄 것이다.

훈민정음의 세계화는 언어정보처리 분야를 새롭게 하고 정음을 소개하여 각 국가의 국어가 정음으로 들어올 수 있도록 소개하는 것 세계화의 시작이다.

### 4. 英語圈영어권에서 사용하는 로마자알파벳 문자의 형상의 秘密비밀을 풀어줄 것이다.

모든 언어는 과학적 과정을 통해 만들어지기 마련이다. 지구촌의 문자는 고대과학을 바탕으로 이루어진 것이므로 음양오행으로 설명할 수 있다.

世宗세종의 訓民正音훈민정음은 자연의 이치를 쫓아 말소리를 내고 소리 내는 氣管기관을 살펴 말소리의 근본을 찾아 익히도록 하였다.

로마 알파벳 문자도 소리 내는 기관의 형상을 따르고, 음양오행의 고전과학을 따를 수밖에 없다. 그러므로 영어 알파벳은 음가는 찾아 내었으나 아직도 로마자 알파벳 기호의 형상은 신화로 남겨놓은 것을 보면 서양의 언어학을 다루는 과정이 부족함을 보여주고 훈민정음이 문자의 형상의 탄생을 풀어줄 수 있다.

### 5. 정음에 의한 문자 검색

정음은 세상의 모든 글자의 소리와 자연의 소리를 받아 적을 수 있고, 기록한 것을 정음기호로 소리를 재현할 수 있다. 그러므로 각 나라마다 자국의 언어문자를 정음으로 표기하여 사용한다면 문자의 바른 검색의 편의성을 제공하는 기능을 제공할 수 있다.

정음의 기호를 익히기가 쉽고 바른 검색을 지원하는 長點장점이 있어 지구촌 인류 모두에게 생활의 편의성을 제공해 줄 것이 분명하다.

세계의 각 국가별 情報檢索用정보검색용 정음으로 정보를 관리한다면 정보화시대에 가장 정확한 음가표기의 큰 장점을 활용할 수 있을 것이다.

6. 始原시원의 소리를 찾아내고, 保存보존, 管理관리를 가능하게 하고, 음원을 기록으로 저장할 수 있게 한다.

옛부터 우리 선조들은 글자에 없는 자연의 소리를 기록으로 남기려는데 고민하면서 언어체계에 적용하려 했다.

世宗세종의 정음은 말소리를 자연의 말소리로 언어체계를 찾아 완성하였다. 고대로부터 이어온 말소리를 그대로 살리고 글자의 음을 새로 정비하여 자연의 이치에 따르도록 하였다. 이와 같은 언어관리를 통해 당시의 생활에서 사용하던 음원이 기록으로 보존이 되어 현재까지 말소리가 그대로 이어져 오고 있는 것이다.

정음은 자연의 소리와 사람이 내는 소리를 그대로 표기하여 기록으로 남기고, 기록한 정음으로 소리를 재현하는 유일한 방법임을 알려주고, 글자의 소리도 자연의 이치와 맞추어 글자 본연의 음가를 재정비하여 글자마다 정음으로 기록하였고 사람마다 내는 소리를 소리 그대로 받아 적을 수 있게 하여 표준화된 정음과 비교가 가능하여 정음을 스스로 찾아 사용하도록 하였다.

또한, 고대 언어를 그대로 살려 전할 수 있었고, 지구촌 국가에서 사용하는 말소리의 根源근원을 糾明규명하고 수정할 수 있는 언어정보를 풀어내는 일에도 도움이 될 것이다.

정음은 소리의 구분이 정확하고 소리를 내는 음가가 풍부한 정음(28자)을 가지고 있어 지구촌 모든 국가의 언어문자를 통합관리가 가능함을 제공한다.

世界地圖세계지도의 地名지명을 정음으로 관리하고 검색할 수 있게 한다면 現地현지 음에 근접하여, 이용에 편의성을 제공한다. 또한, 각 국가의 현지 음을 정음으로 기록하여 永久영구 보존이 가능하게 한다.

국내에서도 옛 王國왕국 新羅신라가 高句麗고구려, 百濟백제 3개국이 통일된 지 이미 오래 되었어도, 당시의 언어가 慶尙道경상도, 全羅道전라도, 忠淸道충청도 언어가 오늘날 方言방언으로 남아있는 것도 정음이 있었기 때문에 가능했던 것이다.

또한, 정음은 하루만 익혀도 정음으로 표기된 자국의 문자를 익혀 쓸 수 있을 정도로 쉽게 접근할 수 있다.

## 책의 구성에 대하여

본서는 世宗세종이 發刊발간한 훈민정음 解例本해례본 자료를 필요성에 따라 現代化현대화 作業작업을 통해 자료를 가까이 할 수 있도록 하였다. 訓民正音훈민정음을 다음과 같이 3가지로 名稱명칭을 구분하여 새롭게 태어났다.

訓民正音훈민정음 붓글씨본, 訓民正音훈민정음 정음표기본의 별도의 디지털 원문 서비스가 온·오프라인을 통해 제공이 가능하다.

## 訓民正音훈민정음 붓글씨본

訓民正音훈민정음은 당 시대의 최고의 筆力필력을 표현한 木版印刷本목판인쇄본으로 15세기 刊行간행한 王室文獻왕실문헌이다.

기나긴 歲月세월이 흘러 21세기에 이르러 컴퓨터(Computer) 映像處理技術영상처리기술을 통해 글자 그대로의 아름다운 필력을 보여주고 싶었다.

모든 사람들이 글쓰기에 挑戰도전해보고 싶은 衝動충동을 느끼게 하였고, 고대 印刷物인쇄물 중에 最高최고의 力作역작을 자랑하고 싶었다.

사람들이 글쓰기 체험을 직접 實行실행하여 글자의 美麗미려함을 직접 느끼고, 필사가 주는 마음의 平和평화와 安寧안녕을 지니고, 손 수 필사한 기록물은 代代孫孫대대손손 後孫후손에게 전해줄 수 있어 그 또한 즐거움이 될 것이다.

## 訓民正音훈민정음 정음표기본

訓民正音훈민정음은 목판본으로 당시대 인쇄 기술로는 글자와 정음을 함께 표기하기가 쉽지 않았을 것이다.

21C 에는 컴퓨터 영상처리기술의 도움으로 글자와 정음을 함께 표기가 가능하게 되었다.

글자와 글자 사이의 空間공간을 만들 수 있었고, 빈 공간에 당 시대의 글자를 훼손하지 않으면서 글자 아래에 정음을 표기하여 글자와 함께 정음을 읽을 수 있게 하였다. 글자의 정음은 동국정운의 음가를 옮겨 적은 것이다.

이제, 訓民正音훈민정음을 정음으로 읽을 수 있어 말소리의 근본을 살필 수 있게 되고, 사람마다 말소리를 스스로 익혀 쓸 수 있게 되었다.

원래 글자 속에는 글자마다 말, 글, 뜻이 과학적으로 숨어있다. 그러므로 우리는 글자만 보면 읽을 수 있고, 말로 뜻을 전할 수 있는 것이다. 한글은 글자를 다루기는 좋으나 내용의 뜻을 아는데 부족함이 있다.

그러므로 내용의 뜻을 기록으로 남기기 위해서는 반드시 글자로 기록하는 것이다. 글자로 기록하면 말, 글, 뜻을 동시에 표현되는 效果효과가 있기 때문이다.

# 訓民正音훈민정음 정음원문풀이본

훈민정음은 글자로만 기록되어 있다. 그것은 기록의 內容내용을 바르게 전하기 위한 有一유일한 방법이기 때문이다. 정음만으로는 내용을 後代후대에게 바르게 전하는데 限界한계가 있기 때문이다. 이는 정음이 同音異議語동음이의어의 형식을 띠고 있기 때문에 내용을 정음으로 傳達전달하려는 것은 어려움이 있다.

本書본서는, 訓民正音훈민정음을 21세기 과학을 통해 한글로 글자(韓字)의 뜻을 풀이한 것이다.

풀이본은 조선 초기 世宗세종이 간행한 "訓民正音훈민정음"의 글자의 書體서체를 살리고 동국정운에서 글자의 정음을 표기한 정음표기 본 그대로 실어놓아 當당 時代시대의 글자와 정음을 確認확인하도록 하였고, 21C 글자(韓字)를 別途별도로 표기하여 새로 바뀐 글자의 變遷변천과정을 엿볼 수 있게 하였으며 유사한 글자에 대한 誤譯오역과 誤打오타를 줄이고, 과학적으로 현상을 설명하면서 이해를 도왔다.

그러므로, 풀이본은 15세기 글자, 21세기 글자, 한글풀이를 통해 세월이 많이 흘렀어도 그 뜻을 바르게 이해할 수 있게 한 智慧지혜가 숨어 있다. 영어로 飜譯번역 글이 收錄수록되면 한 권의 책이 4개 언어로 訓民正音훈민정음이 동시에 기록되어 그 뜻을 세상에 알리는데 충분할 것이다.

이는 서양의 "로제타석(Rosetta Stone)" 碑文비문에 시대가 다른 3개의 언어문자로 彫刻조각되어 프랑스학자 장 프랑소와 샹폴리옹(Jean-François Champollion)경이 파라오(Pharaoh)가 쓰던 언어의 이집트(Egypt) 원시문자 (Hieroglypbs히에로글리프)를 해독할 수 있었던 것을 생각한다면 본서의 의도를 충분히 이해할 수 있을 것이다.

소통의 근본은 글자 이전에 소리가 우선이다. 정음은 자연의 이치를 따라 만듦에 人類인류의 모든 소리의 歷史역사를 정음으로부터 다시 풀어내고 다듬어 내니 나라마다 자국의 말소리를 정음으로 새로 관리하는 것이 정음의 세계화를 이루는 것이다.

本書出版본서출판과 더불어 訓民正音훈민정음 붓글씨본, 訓民正音훈민정음 정음표기본, 訓民正音훈민정음 정음원문풀이본은 별도로 디지털 (Digital) 原文원문을 支援지원하여 國內外국내외 敎育교육과 硏究연구에 提供제공할 것이다.

訓民正音훈민정음의 원문풀이본은 원문에 입각해서 풀이한 관계로 보다 심도 있는 뜻을 전하기에는 限界한계가 있어 별도의 "訓民正音훈민정음 해설본"을 近刊근간으로 제공할 것이며 訓民正音훈민정음학 槪論개론을 출판하여 어떠한 과학이 숨어있는지를 수식을 통해 具體的구체적으로 說明설명하여 언어분야 교육을 지원할 것이다.

訓民正音훈민정음을 풀이를 접하면서 世宗세종이 생각하는 깊은 뜻과 業績업적을 보다 가까이서 이해하는 契機계기가 될 것이다. 訓民正音훈민정음은 다른 언어문자와 비교해서 가장 우수하고 完璧완벽하게 完成완성해 놓은 것이다. 지구촌의 언어체계를 완전하게 설명하는 유일한 기록물이라고 거듭 말할 수 있겠다.

이제부터 西洋서양의 언어학자들에게도 東洋동양의 깊은 고전과학을 바탕으로 언어 체계를 바르게 이해할 수 있는 底本저본이 출판되어 제공할 수 있게 되었다. 왜 세계의 中心중심이 大韓民國대한민국이어야 하는지를 알게 되는 계기가 될 것이다.

글자(韓字)와 정음을 함께 익히는 언어습득과정만이 언어를 쉽고 빠르고 익히는데 유리하다. 이는, 글자 속에는 글자의 뜻(訓훈)과 자연의 소리(正音정음)가 스며 있어 생활에서 글자를 쓰면 쓸수록 훈과 운이 자연스럽게 익혀져 相互상호간 소통의 효과를 증대시킬 것이다.

글자에는 생활의 지혜가 모두 스며 있어 글자를 익히는 것이 세상을 바르게 배우는 유일한 방법이기도 하다. 글자를 모르면 개인의 삶을 노래할 수가 없다.

글자를 만드는 部首부수의 자연적 형성과정을 이해하면 아무리 글자가 많아도 익히는 데는 어려움은 없다.


## 책이 나오기까지

필자는 어릴 때부터 探究心탐구심이 남보다 강했다고 한다. 일찍이 新聞신문읽기를 좋아했고, 남달리 宗家종가집 宗孫종손에 大家族대가족의 外家외가에서 풍부한 經驗경험과 대가족 안에서 종손으로 사랑을 독차지하면서 成長성장하였다.

忠淸南道충청남도 保寧보령 竹淸里죽청리 살기 좋은 고인돌 마을에서 자연과 함께 살았다.

서울에서 正規정규교육 과정을 시작으로 電子전자 교육의 搖籃요람인 光云광운 學園학원에서 스승과 先後輩선후배 同僚동료의 특별한 指導지도와 配慮배려로 中學校중학교, 高等學校고등학교, 大學校대학교 學士학사, 碩士석사, 博士박사를 한 학원에서 꾸준히 修學수학할 수 있었고, 母校모교에서 전자 교육을 講義강의하였다.

현재 사람들이 移動電話機이동전화기로 소통하는 것처럼 學窓時節학창시절 이미 無線局무선국(HL1AQZ ; call sign)을 運營운영하면서 세계 여러 나라 同好人동호인과 직접 소통의 경험을 하였으며, 디지털 세계와 컴퓨터 1세대를 이끌면서 하드웨어(Hardware)와 소프트웨어

(software)를 함께 익혀 工學者공학자의 길을 이어 왔고, 대학에서 10여 년간 컴퓨터 공학교육을 先導선도하였다.

超音波초음파 診斷裝置진단장치에 관한 연구로 碩士學位석사학위를 받으면서 소리의 세계를 탐구하면서 초음파 기술을 익혀 왔다.

映像處理영상처리 기술을 연구하면서 빛의 세계를 탐구하고 信號處理신호처리 分野분야를 수학하였다.

국내 최초로 국가 工業基盤技術공업기반기술 大型대형연구 과제를 수행하면서 尖端첨단 카메라(Camera) 영상기술을 정립하였으며, 국내에서 이른 시기에 人間인간의 頭腦두뇌를 닮은 神經網回路신경회로망 모델(Model) 具現구현 연구로 博士學位박사학위를 取得취득하였다. 인간의 생각이 말로 發火발화하는 과정을 계속 탐구하여 자연스러운 機械기계와의 소통을 연구해 왔다. 어디까지나 기계와 인간 간에 소통을 할 수 있는 컴퓨터 인터페이스(Interface) 연구에 중점을 두고 있다.

國立국립 公州大學공주대학에서 電子工學전자공학, 工業數學공업수학, 創意工學창의공학, 디지털공학, 制御工學제어공학 등을 주로 강의하였고, 言語科學언어과학 분야의 實用실용에 힘쓰고 있다.


大韓電子工學會대한전자공학회, 韓國語情報學會한국어정보학회에서 終身會員종신회원으로 활동하고 있으며, 한글의 情報化정보화, 標準化표준화, 世界化세계화를 支援지원하고 있다.

한글과 전자분야의 통신과 소통에 관련한 다수의 主要特許주요특허를 保有보유하고 있다.


한글의 정보화를 위해 世宗세종의 訓民正音훈민정음을 과학적으로 풀이하기 위해서는 개인의 풍부한 과학적 力量역량이 큰 도움이 되었다.

본격적 연구를 위해 10년이라는 장기간이 소요되었고, 필요한 역량을 갖추고 익히는데 많은 시간이 필요했던 것이다.

고전과학을 이해하기 위해 국내의 山河산하를 두루 살펴왔다. 山岳회산악회를 창단하면서 중국의 泰山태산, 白頭山백두산, 漢羅山한라산, 智異山지리산, 德裕山덕유산, 鷄龍山계룡산, 俗離山속리산, 小白山소백산, 太白山태백산, 五大山오대산, 雪嶽山설악산, 金剛山금강산의 白頭대간을 중심으로 山行산행을 하고, 靜脈정맥의 주요 有名유명 산의 산행을 즐겨왔다. 4大江대강 水系수계를 모두 살펴왔고, 國土국토의 바닷길을 수차례 縱走종주하였고 매년 歷史文化역사문화 探訪탐방을 해왔다. 黃海황해바다와 南海남해바다의 섬들을 살피면서 風水풍수를 익히고 바다낚시를 즐겨 왔다.

축구, 농구, 테니스, 볼링, 골프 등의 球技種目구기종목을 즐기고, 音樂음악과 춤을 통해 소리를 몸짓언어로 소화하였다. 訓民正音훈민정음 연구를 위해 언어와 한글에 대한 資料자료를 수집하여 빅 데이터 (Big Data)를 구축하고, 개인적 연구를 지향하면서 綜合的종합적 연구에 沒入몰입하여 본서를 출판하게 되었다.

필자의 노력이 없었다면 先祖선조의 훌륭한 업적이 계속해서 放置방치되었을 것이다. 수많은 세월을 뜻 모르고 흘려보냈을 것으로 斟酌짐작된다. 世宗세종이 정음을 창제한 지 570년이 되었건만 그 뜻을 바르게 살펴보지도 못하고 오늘까지 이어져 온 것이 매우 안타깝다.

集賢殿집현전 학자들도 訓民正音훈민정음이 품은 큰 뜻을 모두 알지 못하지만 하늘이 기다려 殿下전하께서 솜씨를 주신 것과 같이 오늘에서야 世宗세종의 품고 있는 모든 뜻을 알 수 있게 된 것도 하늘이 이날을 기다려 필자의 솜씨로 훈민정음을 직접 살피게 한 것이 아니겠는가?

이 모든 것들은 하늘과 땅에서 이루어질 때까지 필자를 보살피고 격려해주고 지원해주신 분들이 나로 하여금 행사케 함이니 하늘의 뜻이 아닐런지!

아마도, 필자의 생일이 음력 正月정월대보름 子時자시에 태어남이 모든 이의 마음을 기다림의 表象표상이요. 동전을 8번 집어 던져 한쪽 면으로만 선택이 주는 吉凶길흉을 周易주역으로 풀어내는 大運대운이 필자에게 있었으니 훈민정음의 完譯완역은 이미 준비된 手順수순이 아닌가?

얼마 전 하늘에서 별똥별(隕石운석)이 내 앞에 飛行비행을 하면서 풀 속에 떨어지는 모습을 목격하고 그 주변의 꽃나무가 타 죽은 모습으로 낙하지점을 확인할 수 있었고, 새로운 넝쿨식물이 그곳을 덮어 운석과 죽은 식물들을 보존하고 있는 것을 확인시켜 주는 아주 드문 일에 임하게 된 것도 특이한 일로 보인다.

무에서 유를 創造창조한다는 계백장군의 얼이 스며 있는, 陸軍육군 제2 下士官하사관학교 校訓교훈을 實踐실천하였고, 소리를 따라 아시아(Asia) 主要주요 국가를 訪問방문하고 여러 차례 몽골리아(Mongolia) 共和國공화국을 방문하면서 문화를 확인하고 바이칼 호수(Lake Baikal)가 있는 우리와 遺傳子유전자가 같은 부랴트(Buryat)족 自治자치지역을 거듭 방문하면서 언어를 쫓아 스리랑카(SriLanka)國土국토를 거듭 巡廻순회하고, 유럽(Europe)의 주요국들을 방문하면서 바티칸(Vatican), 대영(British), 루브르(Louvre)博物館박물관의 유물을 탐방하면서 끝없는 소리의 세계를 찾아 언어의 세계를 定立정립할 수 있었다.

현재, 公州大學校공주대학교 工科大學공과대학에 世宗 科學文化研究所세종 과학문화연구소를 設立설립 운영 중이다.

訓民正音훈민정음을 과학으로 풀어 國內外국내외의 學者학자와 敎育者교육자에게 제공하고 정음을 알리고 情報化정보화 標準化표준화 世界化세계화가 정상적으로 이루어지도록 새로 基盤기반을 세울 것이다.

끝으로, 책이 나오기까지 物質물질적 지원을 아낌없이 지원해주시는 金東翊김동익, 鄭明熙정명희 父母부모님께 집안의 8大宗孫대종손 長男장남으로 親姻戚친인척의 사랑과, 나의 健康건강을 늘 살피고 그림에 열중하는 아내, 西洋畵家서양화가 金泳喜김영희 畵伯화백과 敎育교육 硏究연구 奉仕봉사로 家族가족과 다하지 못해 가족의 추억도 충분히 만들어주지 못해도 本然본연의 길을 찾아 가는 피아니스트(Pianist) 金景美김경미, 디자이너(Designer) 金景善김경선 따님에게 고마움을 전한다.

還甲환갑이 되어서, 처음으로 책을 執筆집필하기 시작한 것도, 옛 선인들의 아름다운 行步행보라 삶을 모두 경험하고 깨달음을 얻은 후라야 기록으로 남겨야 후손들에게 도움이 된다는 眞理진리를 생각한 행보일 뿐이다.

특별히 이 자리에 있기까지 나의 成長성장을 가까이서 지원해주신 스승님과 동료 선·후배님, 공주대학교 同僚동료 敎授교수님과 訓民正音훈민정음의 중요성을 강조하면서 정음의 우수성을 보여준 선배 연구자의 끊임없는 연구 成果物성과물들이 이 책에 모두 스며있는 것이다.

情報通信정보통신의 발전으로 잘못되고 부족한 刊行物간행물들의 氾濫범람으로 지식의 혼란이 많은 시기에 출판이 이루어진 것도 시대의 부름이라 생각한다.

또한, 世宗세종이 태어난 마을에서 이 책이 出版출판되는 것도 이홍연 대표님의 뜻이 함께 함이니 이 모두가 하늘의 뜻이 아닌가!

swkim@kongju.ac.kr

2015. 6.
工學博士공학박사

竹淸죽청 金 丞 煥 김승환

# 訓民正音<sup>훈민정음살</sup> 풀이

訓民正音<sub>훈민정음살</sub> 풀이

朝鮮<sub>조선</sub>의 世宗<sub>세종</sub> 임금
自然<sub>자연</sub>의 理致<sub>이치</sub>를 쫓아
韓<sub>한</sub>의 말 글 지으시다.

始原<sub>시원</sub>의 말 글 담아내어
제 뜻을 피게 하니,
民主市民<sub>민주시민</sub> 맹그렀다.

하늘나라 별들을
선으로 묶어놓고,
天上<sub>천상</sub>의 한가운데
三元<sub>삼원</sub>을 차리니,
지난 歲月<sub>세월</sub> 알 수 있네,

北方<sub>북방</sub>에 일곱 별님
어둠 時間<sub>시간</sub> 알려오고,
해와 달
五行星<sub>오행성</sub>을 끌어들여
한 週日<sub>주일</sub>을 꾸려내고,
스물 여덟 별 무리를 일궈내니,
그 무리
모두 햇님을 맞이하니
한 해가 가는구나!

달이 차고 지는 것과
사람의 손가락 마디를
헤아려 봐도,
正音정음 스물 여덟 글자
맹가는 것이 무리가 없다.

하늘과 땅, 사람이 함께 어울리니
三才삼재 일이 되었구나!

사람이 내는 소리
自然자연이요
말소리, 根本근본을 찾아
理致이치를 쫓으니,
陰陽五行음양오행이라!

빛이 있으면, 글자로
빛이 없으면, 소리로
빛과 소리도
五行오행에 根本근본을 두고 있어,
五方오방 색과 五音오음에 맞추어도
어긋남이 없다.

소리 내는 곳의
根本근본을 찾으니,
어금니 : 牙아, 혀 : 舌설, 입술 : 脣순, 이 : 齒치, 목구멍 : 喉후이요,
五音오음을 틀어
첫 소리, 가운데 소리, 끝 소리,

어울려 氣運기운으로 풀어내니
그 소리,
調和조화로워 아름답기 그지없다.

初聲초성의 소리는
피리의 구멍이요,
ㅗ 自身자신은
소리를 낼 수 없다.

初聲초성은
처음 소리 나는 곳이라면,
中聲중성은
소리를 만드는 根源근원이요
데려감이다.

初聲초성과 中聲중성의 만남이
소리를 내는 것이라면,
終聲종성은 소리를 끝냄이다.

初聲초성의 글꼴은
소리를 나는 곳의
모양을 따르고,
氣運기운에 따라
形象형상을 달리 한다.

中聲중성의 글꼴은
하늘(ㆍ)이 나서

풀어가는 쪽이다.

하늘(•)은
말소리의 基準音기준음이요,
五臟腎氣오장신기의 氣運기운으로
오므리고, 아우르고, 우려내고,
어우러져 읊어댄다.

말소리는
사람의 마음을
전하는 것이니,
높고 낮게, 길고 짧게,
맑고 흐리게, 빠르고 느리게,
가볍고 무겁게, 깊고 얇게,
끝을 올리고, 내리고,
오르락 내리락 거리면서,
촉급하게 끊어대면,
일곱 가락에 들어 맞고,
三才삼재와 陰陽음양이
오묘하게 調和조화를 이룬다.

스물 여덟 글자로서
맹가는 것이 無窮무궁하며,
간단하고 要緊요긴하며,
精密정밀하게 通達통달하는 까닭에
슬기로운 사람은
한나절이면 깨우치고,

어리석은 사람도
열흘이면 알 수 있다.

이제
천둥소리, 바람소리,
닭 우는 소리, 개 짖는 소리,
물 흐르는 소리도
正音<sub>정음</sub>으로 적을 수 있다.

말소리
새로 지으시니
그 소리 들리려면
樂器<sub>악기</sub>가 있어야 하고,
마땅히 곡이 따르는 것이니,
大王<sub>대왕</sub>이 손수,
祭禮樂<sub>제례악</sub>을 지으시고,
嚴肅<sub>엄숙</sub>하고 조용한 가운데
編磬<sub>편경</sub> 소리 編鐘<sub>편종</sub> 소리 울려대고,
피리소리 읊어대며,
곡소리 들려주니,
知慧<sub>지혜</sub>의 샘물 소리
新世界<sub>신세계</sub>에 퍼지다.

"訓民正音<sub>훈민정음</sub>"의 刊行<sub>간행</sub>으로,
글자로써 풀이하면
그 뜻을 알 수 있고,
소리로써 訟事<sub>송사</sub>를 들으면

그 私情사정을 알 수 있고,
글자 음음의
맑고 흐림을 가릴 수 있고,

音樂음악에 있어
가락이 고르게 되고,
使用사용에 있어
精密정밀하게 疏通소통하는 까닭에,
사람들로 하여금
쉽고 便利편리하게 쓸 따름이다.
이제,
말소리 根本근본으로
天地萬物천지만물의 理致이치를
모두 갖추었으니,

한 많은 歲月세월이 흘러도
正音정음으로 용하게
살려내고
글자(韓字한자)와 正音정음으로 그 뜻을
無窮무궁하게 알리게 되었으니
이는
하늘이 임금의 마음을 열어
솜씨를 보여준 것이 아닌가!

두 즈믄 열다섯 해 이월 초이튿 날

竹淸죽청 金 丞 煥 김승환 씀.

# 訓 民 正 音

訓民正音
國之語音異乎中國與文字
不相流通故愚民有所欲言
而終不得伸其情者多矣予
為此憫然新制二十八字欲
使人人易習便於日用矣

國之語音。異乎中國。與文字不相流通。故愚民有所欲言。
而終不得伸其情者多矣。予爲此憫然。新制二十八字。
欲使人易習。便於日用耳。

# 훈민정음

나랏말이
중국 강남의 말과 달라
글자(文字 ; 韓字)의 말로는 서로 소통하지 못하고 있다.

글을 모르는 백성들이 말할 것이 있어도,
제 뜻을 잘 드러내지 못하는 일이 많다.

내 이를 안타까워서
새로 28자(字)를 만들었다.

사람들이
쉽게 배울 수 있어 날마다 쓰는데
편리할 것이다.

ㄱ牙音。　如君字初發聲。

　　並書　　如虯字初發聲。

ㅋ牙音。　如快字初發聲。

ㆁ牙音。　如業字初發聲。


ㄷ舌音。　如斗字初發聲。

　　並書　　如覃字初發聲。

ㅌ舌音。　吞字初發聲。

ㄴ舌音。　如那字初發聲。

ㄱ은 어금니 소리(牙音)다.

　　군(君) 자의 처음 피어나는 소리(初發聲)와 같다.

　　곧바로 나란히 쓰면

　　뀰(虯 ; 규) 자의 처음 피어나는 소리다.

ㅋ은 어금니 소리다.

　　·쾡(快 ; 쾌) 자의 처음 피어나는 소리다.

ㆁ은 어금니 소리다.

　　업(業 ; 업) 자의 처음 피어나는 소리다.

ㄷ은 혀 소리이니(舌音)다.

　　:듛(斗 ; 두) 자의 처음 피어나는 소리다.

　　곧바로 나란히 쓰면

　　땀(覃 ; 담) 자의 처음 피어나는 소리다.

ㅌ은 혀 소리다.

　　튼(吞 ; 탄) 자의 처음 피어나는 소리다.

ㄴ은 혀 소리다.

　　낭(那 ; 나) 자의 처음 피어나는 소리다.

ㅂ脣音。　如彆字初發聲。
　並書　　如步字初發聲。
ㅍ脣音。　如漂字初發聲。
ㅁ脣音。　如彌字初發聲。

ㅈ齒音。　如卽字初發聲。
　並書　　如慈字初發聲。
ㅊ齒音。　如侵字初發聲。

ㅂ은 입술소리(脣音)다.
　볋(彆 ; 별) 자의 처음 피어나는 소리(初發聲)다.
　곧바로 나란히 쓰면
　뽕(步 ; 보) 자의 처음 피어나는 소리다.
ㅍ은 입술소리다.
　푷(漂 ; 표) 자의 처음 피어나는 소리다.
ㅁ은 입술소리다.
　밍(彌 ; 미) 자의 처음 피어나는 소리다.

ㅈ은 이 소리(齒音)다.
　즉(卽)자의 처음 피어나는 소리다.
　곧바로 나란히 쓰면
　쫑(慈 ; 자) 자의 처음 피어나는 소리다.
ㅊ은 이 소리다.
　침(侵) 자의 처음 피어나는 소리다.

ㅅ齒音。如戍字初發聲。
　並書　如邪字初發聲。

ㆆ喉音。如挹字初發聲。
ㅎ喉音。如虛字初發聲。
　並書　如洪字初發聲。
ㅇ喉音。如欲字初發聲。

ㄹ半舌音。如閭字初發聲。

ㄹ半舌音如閭字初發聲
ㅇ喉音如欲字初發聲
ㅎ喉音如虛字初發聲
並書如洪字初發聲
ㆆ喉音如挹字初發聲
並書如邪字初發聲
ㅅ齒音如戍字初發聲

ㅅ은 이 소리다.
　·슗(戍 ; 술) 자의 처음 피어나는 소리(初發聲)다.
　곧바로 나란히 쓰면
　쌍(邪 ; 사) 자의 처음 피어나는 소리다.

ㆆ은 목구멍소리(喉音)다.
　흡(挹 ; 읍) 자의 처음 피어나는 소리다.
ㅎ은 목구멍소리다.
　헝(虛 ; 허) 자의 처음 피어나는 소리다.
　곧바로 나란히 쓰면
　熭(洪 ; 홍) 자의 처음 피어나는 소리다.
ㅇ은 목구멍소리다.
　욕(欲) 자의 처음 피어나는 소리다.

ㄹ은 반혓소리(半舌音)다.
　령(閭 ; 려) 자의 처음 피어나는 소리다.

△半齒音。如穰字初發聲。

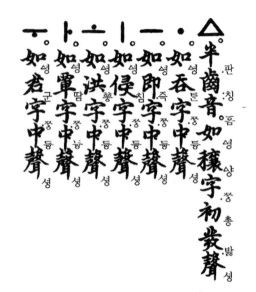

• 如呑字中聲。
ㅡ 如卽字中聲。
ㅣ 如侵字中聲。

ㅗ 如洪字中聲。
ㅏ 如覃字中聲。
ㅜ 如君字中聲。

△은 반잇소리(半齒音)다.
　　양(穰 ; 양) 자의 처음 피어나는 소리다.

·는　튼(呑) 자의 가운데소리(中聲)요,
ㅡ는　즉(卽) 자의 가운데소리이며,
ㅣ는　침(侵) 자의 가운데소리다.

ㅗ는　홍(洪) 자의 가운데소리요,
ㅏ는　땀(覃) 자의 가운데소리이며,
ㅜ는　군(君) 자의 가운데소리이고,

ㅓ 如業字中聲。

ㅛ 如欲字中聲。
ㅑ 如穰字中聲。
ㅠ 如戌字中聲。
ㅕ 如彆字中聲。

ㅓ는 업(業) 자의 가운데소리이다.

ㅛ는 욕(欲) 자의 가운데소리요,
ㅑ는 샹(穰) 자의 가운데소리이며,
ㅠ는 ·슗(戌) 자의 가운데소리이고,
ㅕ는 ·볋(彆) 자의 가운데소리이다.

終聲復用初聲。

ㅇ連書唇音之下。

則爲唇輕音。

初聲合用則並書。

終聲同。

•ㅡㅗㅜㅛㅠ附書初聲之下。

ㅣㅏㅓㅑㅕ附書於右。

凡字必合而成音。

左加一點則去聲。

二則上聲。

無則平聲。

入聲加點同而促急。

終聲復用初聲○連書唇音之下則爲唇輕音初聲合用則並書終聲同○附書初聲之下•ㅡㅗㅜㅛㅠ附書於右ㅣㅏㅓㅑㅕ凡字必合而成音左加一點則去聲二則上聲無則平聲入聲加點同而促急

끝소리(終聲)은

다시 첫소리(初聲)로도 사용한다.

ㅇ을 입술소리(脣音) 아래 이어 쓰면,

가벼운 입술소리(脣輕音)가 된다.

첫소리를 합하려면, 곧바로 나란히 쓴다.

끝소리도 첫소리와 같다.

•ㅡㅗㅜㅛㅠ는 첫소리 아래에 붙여 쓰고,
ㅣㅓㅏㅑㅕ는 오른쪽에 붙여 쓴다.
어떤 글자든, 글자는 반드시 합해야 소리가 난다.

왼쪽에
한 점을 더하면
소리를 높게 말하다가 낮추면서 소리를 내는
거성(去聲)이요,

두 점을 더하면
소리를 낮게 말하다가 높이면서 소리를 내는
상성(上聲)이 되며,

점이 없으면
낮은 소리를 내는 평성(平聲)이 되고,

점을 더하는 것은 같은데
소리 내는 것이 짧게 빨리 끝내는 입성(入聲)이 된다.

# 訓民正音解例 훈민정음해례

## 1) 制字解 제자해

天地之道。
一陰陽五行而已。
坤復之間爲太極。
而動靜之後爲陰陽。
凡有生類在天地之間者。
捨陰陽而何之。

## 제자 풀이

하늘과 땅(天地)에서
우주 만물은 오직 음양오행이라는
자연의 원리일 뿐이다.
곤(坤)과 복(復)의 사이에서
태극을 낳고,
움직이고 멈추면서 음양이 생겨난다.

그러므로,
우주에서 생명체는
음양을 떠날 수가 없다.

故人之聲音。
皆有陰陽之理。
顧人不察耳。
今正音之作。
初非智營而力索。
但因其聲音而極其理而已。

사람이 말하는 소리도
모두 음양의 이치를 따를 수밖에 없으며,
사람들이 깊게 생각하지 못한 것일 뿐이다.

이제 훈민정음을 만드는 것은
처음부터 지혜를 갖고, 애써서 찾으려는 것이 아니라,
다만 성음을 바탕으로 이치를 다한 것이다.

理既不二。
則何得不與天地鬼神同其用也。
正音二十八字。
各象其形而制之。
初聲凡十七字。

牙音ㄱ。象舌根閉喉之形。
ㄴ。象舌 附 上月腭之形。
脣音ㅁ。象口形。
齒音ㅅ。象齒形。
喉音ㅇ。象喉形。

이치는 둘이 될 수 없으며,
우주의 귀신과 더불어 그 쓰임을 함께하지 않을 수 없다.
정음 스물여덟 자는 각자 그 모양을 본떠서 만들었다.

첫소리(初聲)는
모두 열일곱 자다.

어금니 소리(牙音) ㄱ은 혀뿌리가 목구멍을 막는 모양을,
혀 소리(舌音)   ㄴ은 혀끝이 잇몸 위 천장에 붙는 모양을,
입술 소리(脣音) ㅁ은 입술 모양을,
이 소리(齒音)   ㅅ은 이 모양을,
목구멍 소리(喉音) ㅇ은 목구멍 모양을 본뜬 것이다.

ㅋ比ㄱ。
聲出稍厲。故加畫。
ㄴ而ㄷ。ㄷ而ㅌ。
ㅁ而ㅂ。ㅂ而ㅍ。
ㅅ而ㅈ。ㅈ而ㅊ。
ㅇ而ㆆ。ㆆ而ㅎ。

其因聲加畫之義皆同。
而唯ㆁ爲異。
半舌音ㄹ。半齒音ㅿ。
亦象舌齒之形而異其體
無加畫之義焉。

ㅋ은 ㄱ에 비하여
소리가 조금 강해서 획을 더한 것이다(주파수가 높아진다).
ㄴ에서 ㄷ, ㄷ에서 ㅌ,
ㅁ에서 ㅂ, ㅂ에서 ㅍ,
ㅅ에서 ㅈ, ㅈ에서 ㅊ,
ㅇ에서 ㆆ, ㆆ에서 ㅎ
이 된 것도 같은 이치이다.

각기 모든 글자는 소리를 바탕으로 획을 더한 것
이지만 ㆁ만은 다르다.
반설음 ㄹ, 반치음 ㅿ은
혀와 이의 모양을 닮게 하였어도
획을 더한 뜻은 없다.

夫人之有聲本於五行。
故合諸 四時而不悖。
叶之 五音而不戾

喉邃而潤。水也。
聲虛而通。如水之虛明而流通也。
於時爲冬。於音爲羽。

牙錯而長 木也。

보통 사람이 내는 말소리는 오행에 근본을 두고 있어,
사계절에 적용해도 어긋남이 없다.

오음(궁상각치우 ; 도레미솔라)에 맞추어도 어긋남이 없다.

목구멍 속은 물을 머금고 있으니, 오행으로는 물(水)이다.
맑은 물이 뚫린 빈 공간으로 두루 흐르는 것과 같이
소리를 내는 것이다.
사계절로는 겨울(冬)이고, 오음으로는 우(羽)음이다.

聲似喉而實。
如木之生於水而有形也。
於時爲春。於音爲角。

舌銳而動。火也。
聲轉而颺。如火之轉 展而揚揚也。
於時。爲夏。於音爲徵。

어금니는 길게 뻗어 있어,
오행으로는 나무(木)이다.
소리는 목구멍소리와 비슷하면서도 실하게 여물고,
나무가 물에서 자라 형체가 보이는 것과 같다.
사계절로는 봄(春)이 되고, 오음으로는 각(角)음이다.

혀는 날름거리며 움직이니 오행으로 불(火)이다.
소리를 굴리고 날리는 것이, 마치 불이 활활 타오르면서
이글거리는 것과 같다.
사계절로는 여름(夏)이요, 오음으로는 치(徵)음이다.

齒剛而斷。金也。
聲屑而滯。如金之 屑瑣而鍛成也。
於時爲秋 於音爲商。

脣方而合 土也。
聲含而廣。如土之含蓄萬物而廣大也。
於時爲季夏 於音爲宮。

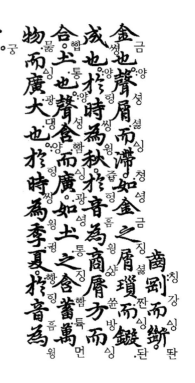

이는 강하고 단단하니
오행으로는 쇠(金)이다.
소리가 부스러지고, 걸리는 것은
부스러진 쇠 가루가 단련되어
이루는 것과 같다.

사계절로는 가을(秋)이고,
오음으로는 상(商)음이다.

입술은 온갖 모아서 합해지니
오행으로 흙(土)이다.
소리를 모으고 널리 퍼지는 것은
흙이 만물을 크게 감싸고 있는 것과 같다.

사계절로는 늦여름(季夏)이요,
오음으로는 궁(宮)음이다.

然水乃生物之源.火乃成物之用.
故五行之中。水火爲大。

喉乃出聲之門。舌乃辨聲之管。
故五音之中。喉舌爲主也。

然水乃生物之源火乃成物之
用故五行之中水火爲大喉乃出
聲之門舌乃辨聲之管故五音之
中喉舌爲主也

물은 생명을 낳는 근원이요,
불은 생물을 만드는데 쓰임이라,
오행 가운데 물과 불이 중요한 위치에 있다.

목구멍은 소리를 만들어내는 성문이요,
혀는 소리를 구별하는 기관이다.
오음 가운데
목구멍소리와 혀 소리가
중심소리이다.

喉居後而牙次之 北東之位也.
舌齒又次之.南西之位也.

脣居末.土無定位而寄旺四季之義也.
是則初聲之中.自有陰陽五行方位
之數也.

방위로는
목구멍은 가장 뒤에 위치하니, 북쪽이요,
어금니는 그 다음 앞에 있으니 동쪽이다.
이어서 혀와 이가 그 다음이니,
남쪽, 서쪽이다.

입술은 맨 끝 앞에 있으니
흙의 자리로 정해진 방위가 없다.
사계절과 통하는 한여름이다.

그러므로,
초성은 스스로가 음양오행 방위의 수를
갖게 되는 것이다.

又以聲音清濁而言之。

ㄱㄷㅂㅈㅅㆆ。 爲全淸。

ㅋㅌㅍㅊㅎ。　 爲次淸。

ㄲㄸㅃㅉㅆㆅ。 爲全濁。

ㆁㄴㅁㅇㄹㅿ。 爲不淸不濁。

또, 말소리의 맑고 흐림(淸濁)으로 말을 하면,

ㄱㄷㅂㅈㅅㆆ은　아주 맑은소리(全淸)로 분명하고,

ㅋㅌㅍㅊㅎ 은　그 다음 맑은소리(次淸)로,
　　　　　　　　강하면서 분명하며,

ㄲㄸㅃㅉㅆㆅ은　아주 흐린소리(全濁)로,
　　　　　　　　퍼지면서 흩어지며,

ㆁㄴㅁㅇㄹㅿ은　맑고 흐림이 없는 소리(不淸不濁)로,
　　　　　　　　분명하며 퍼지거나 흩어지지 않는다.

ㄴㅁㅇ 其聲ᄎ㝡不厲。
故次序雖在於後。
而象形制字則爲之始。

ㅅㅈ雖皆爲全淸。而ㅅ比ㅈ。
聲不厲。故亦爲制字之始。

唯牙之ㆁ。雖舌根閉喉聲氣出鼻。
而其聲與 ㅇ相似。
故韻書疑 與喩多相混用。

雖·쒱在·찡於ᅙᅥᆼ後·ᅘᅮᇢ而象·썅形ᅘᅧᆼ制·졩字·쭝則·즉爲·윙之始:씽ㅅㅈ雖·쒱皆갱爲·윙全쭨淸쳥而ㅅ比·빙ㅈ聲셩不·븡厲·렝故·공亦·역爲·윙制·졩字·쭝之始:씽ㄴㅁㅇ其끵聲셩冣·ᄍᆼ不·븡屬·쑉故·공次·ᄎ序·쎵雖·쒱舌·쎯根근閉·볭喉ᅘᅮᇢ聲셩氣·킝出·츓鼻·삥而其끵聲셩與:영ㅇ相샹似·ᄊᆼ唯웡牙ᅌᅡᆼ之ㆁ故·공韻·운書셩疑ᅌᅴᆼ與:영喩·융多당相샹混:ᅘᅩᆫ用·용相샹似·ᄊᆼ故·공韻·운書셩疑ᅌᅴᆼ與:영喩·융多당相샹混:ᅘᅩᆫ用·용

ㄴㅁㅇ은
소리를 강하게 내지 않은 소리글자로,
글자 순서가 뒤에 있어도,
모양을 본떠 글자를 만들어, 첫 번째 글자로 정한 것이다.

ㅅㅈ은
비록 모두 아주 맑아 분명한 소리(全淸)지만,
ㅅ이 ㅈ에 비하여 소리가 강하지 않아
글자 만들 때 첫 번째 글자로 정한 것이다.

다만,
어금니 소리 ㆁ은
비록 혀뿌리가 목구멍을 막아, 소리의 기운이
코 구멍으로 새어 나오지만,

그 소리가,
ㆁ과 비슷하여 운서에서도,
의(疑)자의 첫소리 ㆁ와
유(喩)자의 첫소리 ㅇ이
자주 섞어서 사용하는 일이 있다.


今亦取象於喉。
而不爲牙音制字之始。
盖喉屬水而牙屬木。
ㆁ雖在牙而與ㅇ相似。
猶木之萌芽生於水而柔軟。
尙多水氣也。

그래서
목구멍을 본떠서 만들되,
어금니 소리 글자 만듦을
기본으로 하지 않은 것은,
목구멍은 물에 속하고,
어금니는 나무에 속하여
ㆁ은 비록 어금니 소리지만,
ㅇ과 비슷하여
마치 나무의 싹이 물에서 나와
살며시 물 기운이 배어
들어간 것과 같은 것이다.

ㄱ木之成質。
ㅋ木之盛長。
ㄲ木之老壯。

故至此乃皆取象於牙也。
全淸並書則爲全濁。
以其全淸之聲凝則爲全濁也。

ㄱ은 나무의 성질을 가진 것이며,
ㅋ은 나무가 자란 것이고,
ㄲ은 나무가 나이 들어 다 자란 것이니,

이로 인해
모두 어금니에서 모양을 닮게 되었다.

아주 맑은소리(全淸)를 나란히 쓰면
소리가 퍼져
아주 흐린소리(全濁)가 된다.

唯喉音次清爲全濁者。
盖以ㆆ聲深不爲之凝。
ㅎ比ㆆ聲淺。
故凝而爲全濁也。
ㅇ連書脣音之下。
則爲脣輕音者。
以輕音脣乍合而喉聲多也。


단지,
목구멍소리의 맑은소리(次淸音)가
아주 흐린소리(全濁音)가 되는 것은
대개
ㆆ은 소리가 깊어서 덜 퍼지고,
ㅎ은 ㆆ에 비해 소리가 얕게 퍼져서,
아주 흐린소리(ㅎㅎ)가 되는 것이다.

ㅇ을 입술소리 아래에 이어 쓰면,
가벼운 입술소리(脣輕音)이다.

이러한 가벼운 소리는
양 입술을 살짝 붙었다가 벌리면서 내는
목구멍소리인 것이다.

中聲凡十一字。

· 舌縮而聲深。天開於子也。
形之圓。象乎天也。

ㅡ舌小縮而聲不深不淺。
地闢於丑也。形之平 象乎地也。

가운데소리(中聲)은
모두 열한 자다.

· 는
혀를 움츠리면서 목구멍 깊은 곳에서 내는 소리이다.
하늘이 자시(子時)로 부터 열림이다.
모양이 둥근 것은 하늘의 모습이다.

ㅡ 는
혀가 평평하게 펼치면서 아래턱을 당기고 목구멍을 좁히면서
내는 소리이다.
땅이 축시(丑時)에서 열림이다.
모양이 평평한 것은 땅의 모습이다.

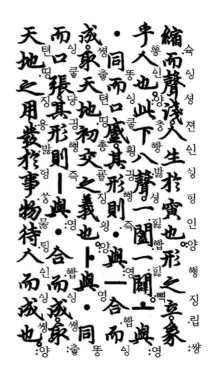

ㅣ 舌不縮而聲淺.人生於寅也.
　　形之立　象乎人也.
　　此下八聲.一闔一闢.

ㅡ 與・同而口蹙
　　其形則・與ㅡ合而成
　　取天地初交之義也.

ㅏ 與・同而口張.
　　其形則ㅣ與・合而成.
　　取天地之用發　於事物
　　待人而成也.

ㅣ는
목구멍소리가 빠른 기류를 내고
혀를 약간 당기면서 아래턱을 내밀면서 내는 소리이다.
사람은 인시(寅時)에서 생기며, 모양이 세워진 것은
사람이 서 있는 모습이다.

다음의 여덟 소리는
한 번은 닫히고(闔), 한 번은 열린(闢)다.

ㅗ는
· 와 같으나 입을 오므려 입술을 모으면서 내는 소리로,
· 와 _ 가 함께 합하여 이룬 것이니,
하늘과 땅이 처음 만남이다.

ㅏ는
· 와 같으나 입을 벌리면서 길게 내는 소리로,
ㅣ와 · 가 합하여 이룬 것이니,
사람이 하늘과 땅의 작용으로 이루는 것이다.

ㅜ 與_同而口蹙

其形則_與・合而成。

亦取天地初交之義也。

ㅓ 與_同而口張。

其形則・與ㅣ合而成。

亦取天地之用發於事物

待人而成也。

ㅜ는

_ 와 같으나 입을 오므리면서 목구멍 깊은 속에서부터

내는 소리로,

_ 와 ・가 합하여 이루어졌다.

역시 하늘과 땅이 처음으로 교감하는 뜻이 있다.

ㅓ는

_ 와 같으나 입이 벌어지고 목구멍 입구에서

길게 내는 소리로,

・와 ㅣ가 합하여 이룬 것이니,

역시 사람이 하늘과 땅의 작용으로 사물에서

이루어 낸 것이다.

ㅛ與ㅗ同而起於丨。
ㅑ與ㅏ同而起於丨。
ㅠ與ㅜ同而起於丨。
ㅕ與ㅓ同而起於丨。
ㅗㅏㅜㅓ始於天地。爲初出也。
ㅛㅑㅠㅕ起於丨而兼乎人。爲再出也。

與ㅗ同而起於丨。
於ㅏ與ㅏ同而起於丨。
始於天地爲初出也。
起於丨而兼乎人。爲再出也。
與ㅗ同而起於丨。

ㅛ는 丨로 시작하는 ㅗ와 같다.
ㅑ는 丨로 시작하는 ㅏ와 같다.
ㅠ는 丨로 시작하는 ㅜ와 같다.
ㅕ는 丨로 시작하는 ㅓ와 같다.

ㅗㅏㅜㅓ는 하늘과 땅에서 시작하여,
첫 번째로 생긴 것이다.

ㅛㅑㅠㅕ는 사람을 겸하고 있어 丨에서 일어나,
두 번째로 생긴 것이다.

ㅗㅏㅜㅓ 之一其圓者。
取其初生之義也。
ㅛㅑㅠㅕ之二其圓者。
取其再生之義也。

ㅗㅏㅜㅓ에 둥근 점이 하나인 것은
첫 번째로 생긴 것을 나타내고,

ㅛㅑㅠㅕ에 둥근 점이 둘인 것은
두 번째로 생긴 것을 나타낸다.

ㅗㅏㅛㅑ之圓居上與外者。
以其出於天而爲陽也。

ㅜㅓㅠㅕ之圓居下與内者。
以其出於地而爲陰也。

ㅗㅏㅛㅑ의 둥근 것이 위와 밖에 있는 것은
하늘에서 나와 양이 되기 때문이다.

ㅜㅓㅠㅕ의 둥근 것이 아래와 안에 있는 것은
땅에서 나와 음이 되기 때문이다.

・之貫於八聲者。
猶陽之統陰而周流萬物也。

ㅛㅑㅠㅕ之皆兼乎人者。
以人爲萬物之靈而能參兩儀也。

・가 여덟 소리에 두루 사용한 것은
양이 음을 거느리며
만물에 골고루 통하는 것이다.

ㅛㅑㅠㅕ가 모두 사람을 겸하고 있는 것은
사람은 만물의 영장으로 능히
음양에 관여할 수 있기 때문이다.

取象於天地人而三才之道備矣。
然三才爲萬物之先。
而天又爲三才之始。
猶・_丨三字爲八聲之首。
而・又爲三字之冠也。

而三才之道備矣。然三才爲萬物之先。而天又爲三才之始。猶・一丨三字爲八聲之首。而・又爲三字之冠也。
取象於天地人

모양이
하늘, 땅, 사람으로 갖추게 되니,
삼재(三才)의 일이 되었다.

삼재(三才)가 만물의 선두이고,
하늘이
삼재(三才)의 시작이니

・_丨 석 자가
여덟 소리의 머리가 되며,
다시 ・가 그 중에 으뜸이다.

ㅗ 初生於天。
　　天一生水之位也。
ㅏ 次之。
　　天三生木之位也。
ㅜ 初生於地。
　　地二生火之位也。
ㅓ 次之。
　　地四生金之位也。

ㅗ는
처음 하늘에서 생기니, 하늘의 수로는 1이고,
물을 낳는 자리이다.

ㅏ는
그 다음으로, 하늘의 수는 3이고,
나무를 낳는 자리이다.

ㅜ는
처음 땅에서 생기니, 땅의 수로는 2이고,
불을 낳는 자리이다.

ㅓ는
그 다음으로, 땅의 수로는 4이고,
쇠를 낳는 자리이다.

ㅛ 再生於天。
　　天七成火之數也。
ㅑ 次之。
　　天九成金之數也。
ㅠ 再生於地。
　　地六成水之數也。
ㅕ 次之。
　　地八成木之數也。

ㅛ는
두 번째로 하늘에서 생기니,
하늘의 수로는 7이고, 불을 이루어내는 수이다.

ㅑ는
그 다음으로,
하늘의 수로는 9이고, 쇠를 이루어내는 수이다.

ㅠ는
두 번째로 땅에서 생기니,
땅의 수로는 6이고, 물을 이루는 수이다.

ㅕ는
그 다음으로,
땅의 수로는 8이고, 나무를 이루는 수이다.

水火未離乎氣。
陰陽交合之初。故闔。
木金陰陽之定質。故闢。
· 天五生土之位也。
ㅡ 地十成土之數也。
ㅣ 獨無位數者。
盖以人則無極之眞。
二五之精。妙合而凝。
固未可以定位成數論也。
是則中聲之中。

水火未離乎氣陰陽交合之初 · 天
故闔木金陰陽之定質故闢 · 天五生土之位也
五生土之位也一地十成土之數者盖以人則無極
也一獨無位數者盖以人則無極之眞二五之精妙合
之眞二五之精妙合而凝固未可
以定位成數論也是則中聲之中

물과 불은
아직 기(氣)에서 벗어나지 못하여
음과 양이 서로 어우르는 시초이니
닫힘이다.

나무와 쇠는
음양이 정해진 것이니,
열림이다.

· 는
하늘의 수 5이고,
흙을 낳는 자리이다.

― 는
땅의 수 10이고,
흙을 이루어내는 수이다.
ㅣ만
혼자 자리와 수가 없는 것은,

대개
사람은
무극(無極)의 진리와,
음양오행의 정기가
신기하게 닫히고 열려,
일정한 자리와 수로써
논할 수가 없다.

그러므로
가운데 소리도,

亦自有陰陽五行
方位之數也。
以初聲對中聲而言之。

陰陽。天道也。
剛柔。地道也。

中聲者。
一深一淺一闔一闢。
是則陰陽分而五行之氣具焉
天之用也。

음양과 오행, 방위의 수가 있는 것이다.

첫소리를 가운데소리와 대비하여 말하면,
음양(陰陽)은 하늘의 이치요,
강하고 부드러움(剛柔)은 땅의 이치다.

가운데소리는
한 번 깊어지면, 한 번은 얕아지고,
한 번 열리면, 다음은 닫히게 된다.
이는 하늘(·)의 작용이 음양으로 나뉘어 오행의 기운이
들게 한 것이다.

初聲者。
或虛或實　或颺或滯
或重若輕。
是則剛柔著而五行之質成焉。
地之功也。

中聲以深淺闔闢唱之於前。
初聲以五音淸濁和之於後。
而爲初亦爲終
亦可見萬物初生於地
復歸於地也。

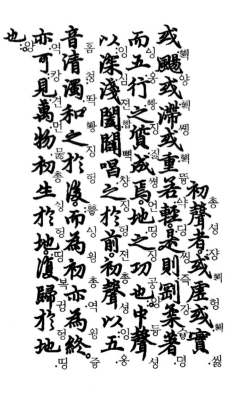

첫소리(初聲)가 없는 것도 있고,
있는 것은 오행에 바탕을 두면서 입을 벌리거나 닫으면서,
소리를 무겁거나 가볍게 한다.
소리가 강하고 부드럽게 되는 것은 땅의 공로이다.

가운뎃소리(中聲)를
입을 닫았다 열면서 소리를 내기 시작하면,
맑고 흐린 오음의 첫소리가 피어나고,
첫소리를 다시 끝소리에 사용해서
소리를 끊어대는 것은
만물이 땅에서 처음 나서
다시 땅으로 돌아가는 이치이다.

以初中終合成之字言之
亦有動靜互根陰陽交變之義焉。
動者。天也。靜者。地也。
兼乎動靜者。人也。

첫소리 가운데소리 끝소리 글자가
합해지는 것에 대해 말하면,
역시 움직이고 멈추는 것은
음양이 번갈아 변하면서 움직이고
멈추게 하는 것이다.

움직이게 하는 것은 하늘이요,
멈추게 하는 것은 땅이다.
사람은 움직임과 멈춤을
모두 겸하고 있다.

動돌 靜쪙 互꽁 根근 陰흠 陽양 交꿀 變변 之징 義읭 焉언 動돌 靜쪙 者쟝 人신 也양
以잉 初총 中즁 終즁 合합 成쎵 之징 字쫑 言언 之징 亦역 有읗
天텬 也양 靜쪙 者쟝 地띵 也양 兼겸 乎뽕 動돌 靜쪙 者쟝 人신 也양

盖五行在天則神之運也
在地則質之成也。
在人則仁禮信義智神之運也。
肝心脾肺腎質之成也。

대개 오행은
하늘에서는
신의 운행이며,

땅에서는
근본이 되어 이루어낸다.

사람은
어질고(仁),
예의가 있으며(禮),
믿음(信),
바르고(義),
지혜로움(智)을 갖고 있어,
신의 운항이다.

간(肝), 염통(心), 지라(脾), 허파(肺), 콩팥(腎)은
근본으로 이루어진 것이다.

初聲有發動之義。
天之事也。
終聲有止定之義。
地之事也。

中聲承初之生。
接終之成。人之事也。
盖字韻之要。在於中聲。
初終合而成音。

첫소리는
소리가 생겨나는 뜻이 있으니,
하늘이 하는 일이다.

끝소리는
소리를 멈추게 하는 뜻이 있으니,
땅이 하는 일이다.

가운뎃소리는
첫소리가 생겨나서
끝소리를 낼 때까지 연결해주는 소리니,
사람이 하는 일이다.

대개
말소리(字韻)에서 중요한 것은 가운데소리로,
첫소리와 끝소리가 합해져서
소리가 이루어지는 것이다.

亦猶天地生成萬物。
而其財成輔相則必賴乎人也。

終聲之。
復用初聲者。以其動而陽者。

乾也。
靜而陰者亦乾也。
乾實分陰陽而無不君宰也。

하늘과 땅이 만물을 만들어 냈으나
부족한 것을 채우면서 다루는 일은
반드시 사람의 힘이 필요하다.

끝소리에
첫소리를 다시 쓰는 것은,
움직여 양이 된 것도 하늘(乾)이요,
멈추어 음이 된 것도 하늘(乾)이라,

하늘(乾)은
실로, 음양으로 나뉘어서 주관하시고,
다스리지 못하는 것이 없다.

一元之氣。
周流不窮。
四時之運。
循環無端。
故貞而。復元。

冬而。復春。
初聲之。復爲終。
終聲之。復爲初。亦此義也。

吁。
正音作而天地萬物之理咸備。
其神矣哉。
是殆天啓聖心而假手焉者乎。
訣曰

하나의
원(元)으로 돌면서
사계절의 운행이
바뀌면서 끝없이 반복해서
돌고 돌아
머물렀다 다시 원으로 돌아오는 것이,

겨울을 보내고
다시 봄을 맞이하게 되는 것과

첫소리가
다시
끝소리가 되고

끝소리가
다시
첫소리가 됨도
역시 같은 이치다.

아!
정음이 만들어져
천지 만물의 이치를
모두 갖추니,
그 신비로운 일로

이는
하늘이 성군의 마음을 열어
그 솜씨를 발휘할 수 있도록
도우신 것이 아닌가?

칠언율(七言律)로 요점을 정리하면,

天地之化本一氣　陰陽五行相始終　物於兩間有形聲
元本無二理數通　正音制子尙其象　因聲之厲每加畫
音出牙舌脣齒喉　是爲初聲字十七　牙取舌根閉喉形
唯業以欲取義別

본디
하늘과 땅은
하나의 기운으로 움직인다네,
처음부터 마지막까지
오직 음양오행이라네,
하늘과 땅 사이에
모든 것들은
모양과 소리가 있다네,

태초부터
본질은 둘이 아니어서
이(理)와 수(數)로 통한다네,

정음글자를 만드는데
그 모양에 기반을 두고 있어
내는 소리가 강하면 획을 하나 더하였다네,

말소리는
어금니, 혀, 입술, 이, 목구멍에서 나오고
이들 소리는
초성으로 열일곱 글자라네,

어금니 소리는
혀뿌리가 목구멍을 막는 모양을 취하여서
·업(業)자의 첫소리(ㆁ)와
욕(浴)자의 첫소리(ㅇ)는
소리가 비슷한데 뜻이 다르다네.

舌逎象舌附上腭 脣則實是取口形 齒喉直取齒喉象
知斯五義聲自明 又有半舌半齒音 取象同而體則異
那彌戌欲聲不厲 次序雖後象形始

혀 소리는
혀가 입천장을 닿는 혀 모양을 본뜨고,
입술소리는
입술 모양을 본뜨고,
이 소리와 목구멍소리는
바로 이와 목구멍의 모양을 본뜨게 되었다네.

다섯 소리의 뜻을 알면
소리는 저절로 낼 수 있네,
또,
반혓소리와 반잇소리도 있다네.
모양을 닮음이 같은데
근본은 다르다네.

ㄴㅁㅅㅇ(낭 밍·슗·욕 ; 那彌戌欲)의 소리는
그렇게 높지 않네.
글자 순서는 뒤에 놓이나
모양의 본뜸은
처음으로 정하였다네.

配諸四時與冲氣 五行五音無不協 維喉爲水冬與羽
牙迺春木其音角 徵音夏火是舌聲 齒則商秋又是金
脣於位數本無定 土而季夏爲宮音


사계절(四季節)의 기운에 맞추어보면
오행(五行)과 오음(五音)으로 말할 수가 있다네.


목구멍소리는　물,　겨울, 우(羽)소리요,
어금닛소리는 나무,　　봄, 각(角)소리이며,
혀　소리는　불, 여름, 치(徵)소리이고,
이　소리는　쇠, 가을, 상(商)소리이고,
입술 소리는　흙, 늦여름, 궁(宮)소리라네,
처음부터 방위(位)와 수(數)가 정해진 것이 아니라네.

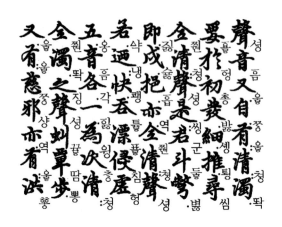

聲音又自有淸濁　要於初發細推尋　全淸聲是君斗彆
卽戌挹亦全淸聲　若洒快呑漂侵虛　五音各一爲次淸
全濁之聲虯覃步　又有慈邪亦有洪

또한,
말소리는
자연적으로 맑은(淸)소리와 흐린소리(濁)가 있다네,
처음 피어나는 소리(初發聲)를
자세히 살펴볼 필요가 있다네.

아주 맑은소리(全淸)는
ㄱ(군), ㄷ(:둫), ㄹ(볋)의 첫소리이고,
·즉 ·슗 홉 또한 아주 맑은소리(全淸)라네.

ㅋ(·쾡) ㅌ(튼) ㅍ(픃) ㅊ(침) ㅎ(헝) 각각 다섯 소리는
맑은 소리(次淸)라네

아주 흐린소리(全濁)는
ㄲ(끃) ㄸ(땀) ㅃ(뿅) ㅉ(쫑) ㅆ(썅) ㆅ (홓)이 있다네.

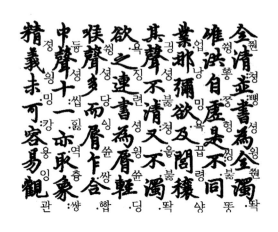

全淸並書爲全濁　唯洪自虛是不同　業那彌欲及閭穰
其聲不淸又不濁　欲之連書爲脣輕　喉聲多而脣乍合
中聲十一亦取象　精義未可容易觀

아주 맑은소리(全淸)를 나란히 쓰면
아주 흐린소리(全濁)가 된다네.

ㆅ(鞕)는
맑은소리(次淸) ㅎ(형)에서 만든 것이 다르다네.

ㆁ(·업 ; 業)ㄴ(낭 ; 那)ㅁ(밍 ; 彌)ㅇ(욕 ; 欲)ㄹ(령 ; 閭)ㅿ(샹 ; 穰)은
그 소리가 맑지도 흐리지도 않다네.

ㅇ(욕 ; 欲)을 아래에 이어 쓰면(連書)
가벼운 입술소리(脣輕音)가 된다네.
목구멍소리를 살짝 내면서
입술을 가볍게 붙였다 열면서 내는 소리라네.

가운데소리 열 하나도 모양을 닮았으나
깊은 뜻을 알기에는 쉽지 않다네.

吞擬於天聲最深　所以圓形如彈丸　卽聲不深又不淺
其形之平象乎地　侵象人立厥聲淺　三才之道斯爲備
洪出於天尙爲闔　象取天圓合地平

튼(吞 ; 탄)자의 가운데소리 •는,
하늘을 본뜬 아주 깊은 소리로
모양은 탄환과 같이 둥글다네.

즉(卽)자의 가운데소리 ―는,
깊지도 얕지도 않다네.

평평하게 보이는 땅의 모양을 기초로 하였다네.
사람이 서 있는 모양의 침(浸)자의 가운데소리 ㅣ는,
소리가 얕다네.
이미 삼재(三才)의 사상이 되었다네.

훙(洪 ; 홍)자의 가운데소리 ㅗ는,
하늘에서 나와 열리니 하늘의 둥근 것과
땅의 평평함을 나타낸 모습이라네.

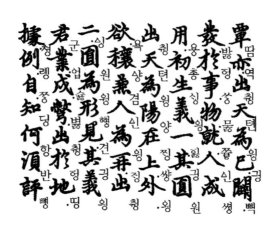

覃亦出天爲已闢　發於事物就人成　用初生義一其圓
出天爲陽在上外　欲攘兼人爲再出　二圓爲形見其義
君業戌彎出於地　據例自知何湏評

땀(覃)자의 가운데소리 ㅏ 는,
닫힌 하늘에서 나와, 자연에서 낳아 사람이 된 것이라네.


이들(ㅗ ㅏ)의 · 은,
하늘에서 처음에 만든 뜻으로,
위와 밖에 양의 둥근 점이 놓였다네.

욕(欲), 샹(穰)의 가운뎃소리 ㅛ ㅑ는,
사람을 겸하고 있어, 하늘에서
그 다음으로 만든 뜻이라네.
두 개의 둥근 점이 모양과 뜻을 보인 것이라네.

ㅜ ㅓ ㅠ ㅕ [군(君) ·업(業) ·슗(戌) 볋(彆)]은
땅에서 나온다네.

보기를 보면
저절로 알 수 있다네.

吞之爲字貫八聲　維天之用徧流行　四聲兼人亦有由
人參天地爲最靈　且就三聲究至理　自有剛柔與陰陽
中是天用陰陽分　初迺地功剛柔彰


튼(呑 ; 탄)자의 · 가
여덟 소리에 쓰인 것은,
하늘의 정기가 두루 미치는 것이라네.

네 개의 소리(ㅛ ㅑ ㅠ ㅕ)는,
사람은 가장 신령스러운 존재여서
하늘의 뜻에 따라
땅에서 이루어진 것이라네.

세 개의 소리(초 중 종)를
좀 더 깊게 살펴보면,

자연스러우면서 강하고 부드러운 음양의 조화가 있다네.

가운데소리(中聲)는
하늘의 작용으로 음양이 있다네.

첫소리(初聲)는
땅의 기운으로 강한 것과 부드러움이 있다네.

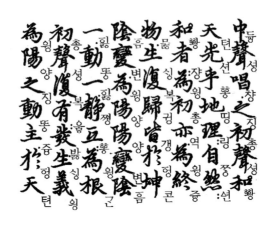

中聲唱之初聲和　天先乎地理自然　和者爲初亦爲終
物生復歸皆於坤　陰變爲陽陽變陰　一動一靜互爲根
初聲復有發生義　爲陽之動主於天

가운데소리(中聲)가 소리를 내면,
첫소리(初聲)가 이어서 뒤따른다네.

하늘이 땅보다 먼저인 것은
자연의 이치라네.

뒤따르는 첫소리가
끝소리(終聲)도 되는 것은

만물이 태어나 다시 땅으로
돌아가기 때문이라네.

음이 변하면 양이 되고,
양이 변하면 음이 된다네.
한 번은 움직이면,
한 번은 멈추게 되는 것이 근본이라네.

또,
첫소리(初聲)은 처음 생긴다는 뜻이라네,
하늘이 주관하는 양의 움직이라네.

終聲比地陰之靜　字音於此止定焉　韻成要在中聲用
人能輔相天地宜　陽之爲用通於陰　至而伸則反而歸
初終雖云分兩儀　終用初聲義可知　正音之字只廿八
探賾錯綜窮深幾　指遠言近牖民易　天授何曾智巧爲

끝소리(終聲)에서
땅은 음에 대비되어 멈추게 하는 것이어서,
글자의 소리가 정해진 이유라네.

운(韻)을 이루는 것은 가운데소리로,
쓰임에 중요한 요소라네.

사람은
하늘과 땅에서 살피고 돕는 것이니
양으로 작용하고,
기운이 변하면서
다시 음으로 돌아오게 되니
음으로도 통한다네.

첫소리와 끝소리는
소리 내는 작용에 따라 나누어지는 바,
끝소리의 작용이
첫소리가 됨을 알 수 있다네.

정음글자 스물여덟 자는,
아주 깊게 궁리하여 만든 것이라네,
먼 곳에 사는 백성의 생각을
가까이서 들을 수 있도록 된 것은,
하늘이 지혜와 기교를 주신 것이라네.

## 2) 初聲解 초성해

正音初聲。卽韻書之字母也。
聲音由此而生。故曰母。

如牙音君字初聲是ㄱ。
ㄱ與ㄴ而爲군。


## 첫소리 풀이

정음(正音)의 첫소리는
운서(韻書)에서 말하는
자모(字母)이다.

말소리가
생기게 한다고 해서
모(母)라 한다.

어금닛소리
군(君)자의 첫소리(初聲)는
ㄱ이다.

ㄱ과 ㄴ이
합하여 군이 된다.

快字初聲是ㅋ。ㅋ與ㅙ而爲:쾌。
虯字初聲是ㄲ。ㄲ與ㅠ而爲뀨。
業字初聲是ㆁ。ㆁ與ㅓ而爲업之類。

:쾡(快) 자의
첫소리(初聲)는 ㅋ이다.
ㅋ과 ㅙ가 합하여
:쾌가 된다.

뀨(虯) 자의
첫소리(初聲)은 ㄲ이다.

ㄲ과 ㅠ가 합하여
뀨가 된다.

·업(業) 자의
첫소리(初聲)은 ㆁ이다.

ㆁ과 ㅓ이 합하여
·업이 되는 것과 같다.

舌之斗吞覃那。脣之彆漂步彌。
齒之卽侵慈戌邪。喉之挹虛洪欲。
半舌半齒之閭穰。皆倣此。

혀　　소리 ㄷㅌㄸㄴ (:둫 튼 땀 낭 ; 斗吞覃那).
입술 소리 ㅂㅍㅃㅁ (볋 푱 뽕 밍 ; 彆漂步彌).
이　　소리 ㅈㅊㅉㅅㅆ (·즉 침 쫑·슗 썅 ; 卽侵慈戌邪).
목구멍소리 ㆆㅎㆅㅇ (흡 헝 葓 ·욕 ; 挹虛洪欲).
반혓　소리 ㄹ (령 ; 閭).
반잇　소리 ㅿ (샹 ; 穰).

모두 이와 같다.

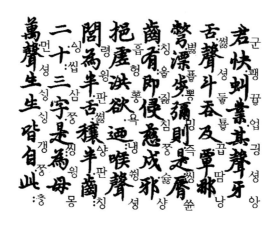

訣曰
君快虯業其聲牙　舌聲斗吞及覃那　彆漂步彌則是脣
齒有卽侵慈戌邪　挹虛洪欲迺喉聲　閭為半舌穰半齒
二十三字是為母　萬聲生生皆自此

칠언율(七言律)로
요점을 정리하면,

처음 피어나는 소리,
ㄱㅋㄲㅇ (군 ·쾡 뀰 ·업 ; 君快虯業)은
어금니 소리라네.

ㄷㅌ (:둫튼 ; 斗吞), ㄸㄴ (땀낭 ; 覃那)는,
혀 소리이고,

ㅂㅍㅃㅁ (볋 푤 뽕 밍 ; 彆漂步彌)는,
입술 소리이며,

ㅈㅊㅉㅅㅆ (·즉 침 쭝 ·슗 쌍 ; 卽侵慈戌邪)는,
이 소리이고,

ㆆㅎㆅㅇ (흡 형 홓 ·욕 ; 挹虛洪欲)은,
목구멍 소리라네.

ㄹ(령 ; 閭)는 반혀 소리,
ㅿ(샹 ; 穰)은 반이 소리라네.

첫소리가 스물석 자이니,
모든 소리가 이들로부터 나온다네.

## 3) 中聲解 중성해

中聲者。
居字韻之中。
合初終而成音如
呑字中聲是•。
•居ㅌㄴ之間而爲
튼卽字 中聲是 ㅡ 。
ㅡ居ㅈㄱ之間而爲 즉。
侵字 中聲是 ㅣ。
ㅣ居ㅊㅁ之間而爲 침之類。
洪覃君業欲穰戌彆。
皆倣此。

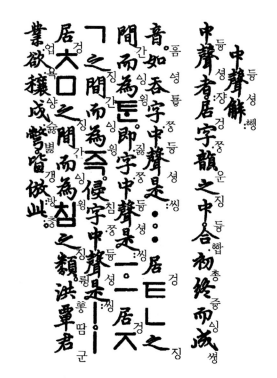

## 가운데소리 풀이

가운데소리 글자는
자운(字韻)의 중앙에 놓이고,
첫소리와 끝소리(初終成)가 합해져 소리를 이룬다.

튼(呑 ; 탄) 자의 가운데 소리는 •로,
•가 ㅌ과 ㄴ 사이에 놓여 튼이 된다.
즉(卽) 자의 가운데 소리는,
ㅡ로, ㅡ가 ㅈ과 ㄱ 사이에 놓여 즉이 된다.

침(侵)자의 가운데 소리는 ㅣ로,
ㅣ가 ㅊ과 ㅁ 사이에 놓여
침이 되는 것과 같은 식이다.

홍(洪), 땀(覃), 군(君), ·업(業),
욕(欲), 샹(穰), ·슗(戌), 볋(彆)의
가운데소리 ㅗ ㅏ ㅜ ㅓ ㅛ ㅑ ㅠ ㅕ
모두 이와 같다.

二字合用者。
ㅗ與ㅏ同出於·。故合而爲ㅘ。
ㅛ與ㅑ又同出於丨。故合而爲ㆇ。
ㅜ與ㅓ同出於一。故合而爲ㅝ。
ㅠ與ㅕ又同出於丨。故合而爲ㆌ。
以其同出而爲類。故相合而不悖也。

두 글자를 합해서 쓰는
가운데소리는,
ㅗ와 ㅏ는 똑같이 · 에서 나와
ㅘ 로 합해 쓸 수 있다.

ㅛ와 ㅑ는 또 똑같이 丨에서 나와
ㆇ 로 합해 쓸 수 있다.

ㅜ와 ㅓ는 똑같이 一에서 나와
ㅝ로 합해 쓸 수 있다.

ㅠ와 ㅕ는 또 똑같이 丨에서 나와서,
ㆌ 합해 쓸 수 있다.

이들 모두 양의 글자끼리,
또는 음의 글자끼리 서로 합해서 쓰니
어긋나지 않는다.

二字<sub>쫑</sub>合<sub>협</sub>用<sub>용</sub>者<sub>쟝</sub>

一字 中聲之與 ㅣ 相合者十。
ㅓ ㅗ ㅚ ㅐ ㅟ ㅔ ㅛ ㅒ ㅠ ㅖ 是也。

二字 中聲之與 ㅣ 相合者四。
ㅙ ㅞ ㆇ ㆈ 是也。

가운데소리에
한 개의 ㅣ소리가 합한 소리는,
ㅓ ㅗ ㅚ ㅐ ㅟ ㅔ ㅛ ㅒ ㅠ ㅖ 열 개다.

가운데소리에
두 개의 ㅣ소리가 합한 소리는,
ㅙ ㅞ ㅙ ㅞ 네 개이다.

ㅣ於深淺闔闢之聲。

並能相隨者。

以其舌展聲淺而便於開口也。

亦可見人之參贊開物而無所不通也。

ㅣ소리가,

깊고 얕은 소리를

내고 끊는(深淺闔闢) 것은,

혀가 펴져 입 열기가 편하여

가벼운 소리를 낼 수 있기 때문이다.

그래서,

사람은 모든 일에 관여해도

통하지 않는 것이 없음을 알 수 있다.

訣曰

母字之音各有中　須就中聲尋闢闔　洪覃自吞可合用
君業出卽亦可合　欲之與穰戌與彆　各有所從義可推
侵之爲用最居多　於十四聲徧相隨


칠언율(七言律)로
요점을 정리하면,


모음글자는 가운데소리가
소리를 내고 끊는 중심에 있는 소리라네.

ㅗ(홍 ; 洪) ㅏ(땀 ; 覃)은 ·(튼 ; 呑) 양에서 나오니,
합해서 쓸 수 있고

ㅜ(군 ; 君) ㅓ(·업 ; 業)은 ㅡ(즉 ; 卽) 음에서 나오니,
합해서 쓸 수 있네.

ㅛ(욕 ; 欲)은 ㅑ(샹 ; 穰)과 ㅠ(·슗 ; 戌)은 ㅕ(볋 ; 彆)와
합할 수 있는 것을 보면,
그 뜻을 알 수 있네.

ㅣ(침 ; 侵)는 가장 많이 쓰이며,
열네 개 소리에 합해서 쓸 수 있다네.

## 4) 終聲解 종성해

終聲者.

承初中而成字韻.

如卽字終聲是 ㄱ.

ㄱ 居 즈 終而爲 즉.

洪字終聲是 ㆁ.

ㆁ 居 ꥞ 終而爲 ꥞之類.

## 끝소리 풀이

끝소리는
첫소리와 가운데소리에 이어서 내는 소리다.

즉(卽) 자의 끝소리는 ㄱ이다.
ㄱ은 즈의 끝에 놓여서 즉이 된다.

꥞(洪) 자의 끝소리는 ㆁ이다.
ㆁ은 ꥞의 끝에 놓여서 ꥞이 되는 것과 같다.

舌脣齒喉皆同.
聲有緩急之殊.
故平上去其終聲
不類入聲之促急.
不淸不濁之字.
其聲不厲.
故用於終則宜於平上去
全淸次淸全濁之字.
其聲爲厲.
故用於終則宜於入.
所以ㅇㄴㅁㅇㄹㅿ
六字爲平上去聲之終.
而餘皆爲入聲之終也.

혀 소리 입술 소리 이 소리 목구멍 소리도 마찬가지다.
소리는 느림과, 빠름이 있다.

그러므로
평성 상성 거성은 끝소리가 있으나
입성에서는 소리가 급하게 끊어서 사용하지 못한다.

소리가 맑지도 않고,
흐리지도 않은(不淸不濁) 글자는,
소리가 높지 않아 평성 상성 거성에서,
끝소리에 사용한다.

전청(全淸) 차청(次淸) 전탁(全濁)글자는,
소리가 높아 입성에서 끝소리로
사용한다.

ㅇㄴㅁㅇㄹㅿ 여섯 자는,
평성 상성 거성에서 끝소리에
사용한다.

그 나머지는
입성에서 끝소리로 사용한다.

然ㄱㆁㄷㄴㅂㅁㅅㄹ八字可足用也。
如빗곶爲梨花。영·의갗爲狐皮。
而ㅅ字可以通用。故只用ㅅ字。

끝소리는
ㄱㆁㄷㄴㅂㅁㅅㄹ 여덟 자만을
사용해도 충분하다.

보기를 들면,
빗곶은 이화(梨花), 영·의갗은 호피(狐皮)이다.

ㅅ 글자로 두루 쓸 수 있어,
ㅅ 자로만 사용한다.

且ㆁ聲淡而虛。不必用於終。
而中聲可得成音也。

ㄷ如볃爲彆。ㄴ如군爲君。
ㅂ如업爲業。ㅁ如땀爲覃。
ㅅ如諺語·옷爲衣。
ㄹ如諺語:실爲絲之類。

또 ㆁ은,
소리가 맑고 비어,
끝소리에 쓰는데 불필요하다.

가운데 소리만으로도,
말소리로 쓸 수 있다.

ㄷ은 볃(彆), ㄴ은 군(君),
ㅂ은 업(業), ㅁ은 땀(覃),
ㅅ은 의(衣)의 속된말로 ·옷,
ㄹ은 사(絲)의 속된말 :실
과 같은 것이다.

五音之緩急。
亦各自爲對如

牙之ㆁ與
ㄱ爲對。
而ㆁ促呼 則變爲ㄱ而急。
ㄱ舒出則變爲ㆁ而緩。

舌之ㄴㄷ。脣之ㅁㅂ。
齒之ㅿㅅ。喉之ㅇㆆ。
其緩急相對。亦猶是也。

오음은 각각
느림과 빠름으로 대비하여
말소리를 낼 수 있는데,

어금닛소리 ㆁ은
ㄱ 과 대비되며
ㆁ을 세게 불면 빠른 ㄱ으로 변하여 높은 소리가 되고,
ㄱ을 약하게 불면 느린 ㆁ으로 변하여 낮은 소리가 된다.

혓소리 ㄴㄷ, 입술소리 ㅁㅂ,
잇소리 ㅿㅅ, 목구멍소리 ㅇㆆ도,
서로 짝이 되어 느림과 빠름이 되는 것도
모두 같다.

且半舌之ㄹ。當用於諺。
而不可 用於文。
如入聲之彆字。
終聲當用 ㄷ。而俗習讀爲ㄹ。
盖ㄷ變而爲輕也。
若用ㄹ爲彆之終。
則其聲舒緩。不爲入也。
訣曰

且半舌之ㄹ當用於文如入聲之彆字終聲當用ㄷ而俗習讀爲ㄹ盖ㄷ變而爲輕也若用ㄹ爲彆之終則其聲舒緩不爲入也訣曰

또 반혓소리 ㄹ은,
마땅히 우리말(諺語)에는 쓰이나
문(韓字)에는 사용하지 않는다.

예로,
입성의 볋(彆 ; 변)자도,
마땅히 끝소리에 ㄷ을 사용한다.

습관적으로,
읽을 때는 ㄹ로 읽으니,
달아 놓은 ㄷ이 풀리면서 가벼워져 ㄹ로 변화된 것이다.

만약 볋(彆 ; 별 ; 변) 자의 끝소리에,
ㄹ로 쓴다면 소리가 길어지고 퍼져,
입성이 되지 못해 급하게 끊을 수가 없다.

不淸不濁用於終
爲平上去不爲入。
全淸次淸及全濁。
是皆爲入聲促急。

칠언율(七言律)로
요점을 정리하면,

맑지도 흐리지도 않은 소리를
끝소리로 쓸 수 있네.
평성 상성 거성은 사용하고
입성은 아니 되네.

아주 맑은소리(全淸),
맑은소리(次淸),
아주 흐린소리(全濁)는
모두 촉급한 입성이 되네.

初作終聲理固然
只將八子用不窮
唯有欲聲所當處
中聲成音亦可通

첫소리가
끝소리가 되는 것은 자연의 이치인데
끝소리에 여덟 자만 써도
문제가 없다네.

ㅇ(欲) 소리는,
마땅히 끝소리 자리에 놓여야 하지만,
끝소리가 없는 가운데소리 만으로도
소리가 되어 통할 수 있네.

若書卽字終用君
洪彆亦以業斗終
君業覃終又何如
以那彆彌次第推

한 번
즉(卽)자를 써보면,
끝소리는 군(君 ; ㄱ)을 쓰고,

홍(洪)자는 업(業 ; ㅇ)을 쓰고,
변(彆)자는 :둫(斗 ; ㄷ)써서
끝소리를 보인다네.

또한,
군(君 ; ㄴ), 업(業 ; ㅂ), 땀(覃 ; ㅁ) 자의
끝소리를 말해보면,
낭(那 ; ㄴ), 볋(彆 ; ㅂ), 밍(彌 ; ㅁ)의 첫소리가
된다는 것을 알 수 있네.

六聲通乎文與諺　戌閭用於諺衣絲　五音緩急各自對
君聲洒是業之促　斗瞥聲緩爲那彌　穰欲亦對戌與把
閭宜於諺不宜文　斗輕爲閭是俗習

통상,
여섯 소리(ㄱㅇㄷㄴㅂㅁ)는,
문(韓字)과 우리말(諺語)에도 함께 사용하네.

·슰(戌 ; ㅅ), 려(閭 ; ㄹ)는,
우리말(諺語)로 옷(衣), 실(絲)이라네.

각각의 오음은,
느림과 **빠름**으로 서로가 짝이 되네.

군(君 ; ㄱ)소리는,
업(業 ; ㅇ)소리를 높게 낸 것이네.

:둫(斗 ; ㄷ)소리, 뷇(彆 ; ㅂ)소리를 낮게 하면,
낭(那 ; ㄴ) 밍(彌 ; ㅁ)이 된다네.

샹(穰 ; ㅿ), 욕(欲 ; ㅇ)도,
·슗(戌 ; ㅅ), 흡(挹 ; ㆆ)으로 서로 짝이 된다네.

려(閭 ; ㄹ)는, 마땅히
우리말(諺語)에는 쓰이나,
문(漢字)에는 쓰이지 않는다네.

습관적으로,
가벼운 :둫(斗 ; ㄷ)를 가볍게 발음하면
려(閭 ; ㄹ)소리가 된다네.

## 5) 合字解<sup>합자해</sup>

初中終三聲。合而成字。
初聲或在
中聲之上。或在中聲之左。
如君字ㄱ在ㅜ上。
業字ㆁ在ㅓ左之類。
中聲則圓者橫者在初聲之下。
•ㅡㅗㅛㅜㅠ是也。

## 글자를 합해 쓰는 풀이

첫소리, 가운데소리, 끝소리, 세 소리는
합해야 말소리가 된다.

첫소리는,
가운데소리의 위쪽과 왼쪽에 있다.

군(君)글자의 첫소리 ㄱ은, ㅜ 위에 있고,
업(業)글자의 ㆁ은, ㅓ 왼쪽에 놓이는 이치다.

모양이 둥근 것(•)과 가로(ㅡ)로 된, 가운데소리 글자
• ㅡ ㅗ ㅛ ㅜ ㅠ 는
첫소리 글자 아래에 있다.

縱者在初聲之右。
ㅣㅏㅑㅓㅕ是也。
如吞字•在ㅌ下。
即字ㅡ在ㅈ下。
侵字ㅣ在ㅊ右之類。
終聲在初中之下。
如君字ㄴ在구下。
業字ㅂ在어下之類。
初聲二字三字合用並書。

모양이 세로로 된 가운뎃소리 글자
ㅣㅏㅑㅓㅕ은
첫소리 글자 오른쪽에 있다.

튼(呑)자의 •는
ㅌ 소리 아래에 있다.

즉(卽) 자의 ㅡ는, 첫소리 ㅈ 글자 아래에,
침(侵) 자의 ㅣ는, 첫소리 ㅊ 글자 오른쪽에,
있는 것과 같다.

끝소리는,
첫소리 가운데소리 아래에 있고,

군(君) 자의 ㄴ 글자는, 구의 아래에 있다.
업(業) 자의 ㅂ 글자는, 어의 아래에 있는 것과 같다.

글자 두 자, 세 자를 나란히 합하여 첫소리로 쓴다.

如諺語·싸爲地。빡爲隻。
·뜸爲隙之類。各自並書。
如諺語·혀爲舌而·혀爲引。
괴·여爲我愛人而괴·여爲人愛我。
소·다爲覆物而쏘·다爲射之之類。

우리말(諺語)의 첫소리는
·싸(地 ; 땅), 빡(隻 ; 짝), ·뜸(隙 ; 틈)와 같이
각각의 글자를 나란히 사용하고,

·혀는(舌 ; 혀) ·혀는(引 ; 끌어),
괴·여(我愛人 ; 꾀어) 괴·여는(人愛我 ; 꼬셔),
소·다는(覆物 ; 쏟아) 쏘·다는(射之 ; 쏘다)와 같이 사용한다.

中聲二字三字合用。

如諺語·과爲琴柱。

·홰爲炬之類。


終聲二字三字合用。

如諺語흙爲土。낛爲釣。

둛·빼爲酉時之類。

其合用並書。自左而右。

初中終三聲皆同。

우리말(諺語)의 가운데소리는,

두 글자, 세 글자를 합하여 사용하며,

·과(琴柱 ; 괘) ·홰(炬 ; 횃불)와 같다.


끝소리도,

두 글자, 세 글자를 합하여 사용하면,

흙(土 ; 흙), 낛(釣 ; 낚시), 둛·빼(酉時 ; 닭때)와

같은 것이다.

왼쪽에서 오른쪽으로 차례로 나란히 합해서 쓰고,

첫소리, 가운데소리, 끝소리 모두 같다.

文與諺雜用則有因字
音而補以中終聲者。
如孔子ㅣ魯ㅅ:사룸之類。
諺語平上去入。
如활爲弓而其聲平。
:돌爲石而其聲上。
·갈爲刀而其聲去。
붇爲筆而其聲入之類。

문(韓字)과 우리말(諺語)을 함께 쓸 경우,
문(韓字)의 음에 가운데소리, 끝소리로 보완해서 사용한다.
孔子ㅣ, 魯ㅅ:사룸과 같이 표기하는 것이다.

우리말(諺語)의 평성, 상성, 거성, 입성은
활은 궁(弓)이요 평성,
:돌은 석(石)이요 상성,
·갈은 도(刀 ; 칼)요 거성,
붇은 필(筆 ; 붓)로 입성이 되는 것과 같다.

凡字之左。
加一點爲去聲。
二點爲上聲。
無點爲平聲。
而文之入聲。
與去聲相似。
諺之入聲無定。
或似平聲。
如긷爲柱。녑爲脅
或似上聲。
如:낟爲穀。:깁爲繒。
或似去聲。
如·몯爲釘。·입爲口之類。
其加點則與平上去同。

凡뻥字쫑之징左장。加강一ᅙᅵᇙ點뎜爲윙去컹
聲셩二ᅀᅵᆼ點뎜爲윙上쌰ᇰ聲셩無뭉點뎜爲윙平뼝聲셩而ᅀᅵ文문
之징入ᅀᅵᆸ聲셩與영去컹聲셩相샹似ᄊᆞᆼ諺언之징入ᅀᅵᆸ聲셩無뭉
定뗭或ᅘᅯᆨ似ᄊᆞᆼ平뼝聲셩如ᅀᅧ긷爲윙柱뜌녑爲윙脅협或ᅘᅯᆨ
似ᄊᆞᆼ上쌰ᇰ聲셩如ᅀᅧ:낟爲윙穀국:깁爲윙繒ᅇᅳᆼ或ᅘᅯᆨ似ᄊᆞᆼ去컹
聲셩如ᅀᅧ·몯爲윙釘뎡·입爲윙口쿻之징類뤼其끵加강
點뎜則즉與영平上去同똥。

글자의 왼쪽에,
점 한 개를 표기하면 거성,
점 두 개를 표기하면 상성,
점이 없으면 평성이다.

문(韓字)의 입성은,
우리말(諺語)의 거성과 비슷하며,
우리말(諺語) 입성은,
정해진 바가 없다.

평성과 비슷하며,
긷은 주(柱 ; 기둥), 녑은 협(脅 ; 옆)과 같고,

또는, 상성과 비슷하여,
:낟은 곡(穀 ; 낟알), :깁은 증(繒 ; 비단)과 같고,

거성과도 비슷하다.
·몯은 정(釘 ; 못), ·입은 구(口 ; 입)과 같은 것이다.

평성 상성 거성에 점을 더하는 것은 같다.

平聲安而和。春也。
萬物舒泰。

上聲和而舉。夏也。
萬物漸盛。

去聲舉而壯。秋也。
萬物成熟。

入聲促而塞。冬也。
萬物閉藏。

평성은 평안하고 부드러우니 봄이다.
만물이 살며시 돋아난다.

상성은 부드러우면서 높아지니 여름이다.
만물이 점점 무성해진다.

거성은 드높고 탄탄하니 가을이다.
만물이 알차게 익은 것이다.

입성은 급하게 끊어 대니 겨울이다.
만물이 닫히고 숨는다.

初聲之ㆆ與ㅇ相似。
於諺可以通用也。
半舌有輕重二音。
然韻書字母唯一。
且國語雖不分輕重。
皆得成音。若欲備用。
則依脣輕例。
ㅇ連書ㄹ下。
爲半舌輕音,舌乍附上腭。

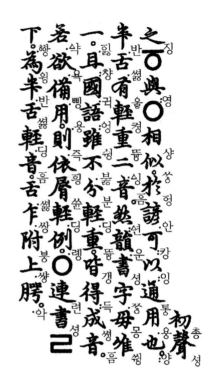

첫소리 ㆆ과 ㅇ은,
서로 비슷하다.
우리말(諺語)에서 일상적으로 통용하여 쓰고 있다.

반혓소리는,
가볍고 무거운 두 소리가 있다.

그러나
운서(韻書)의 자모(字母)에서는
하나로만 써 왔다.

또한,
우리말(諺語)에서는,
가볍고 무거움 구별 없이
사용하고 있다.

구별해서 사용하려면,
가벼운 입술소리는 보기를 들고 사용하였다.

ㅇ을 ㄹ 글자 아래 붙여 적어,
가벼운 반혓소리가 되어,
혀가 윗잇몸에 살짝 붙였다 떼면서,
내는 소리이다.

• ㅡ
起ㅣ聲。於國語無用。
兒童之言。邊野之語。
或有之。當合二字而用。
如기긔之類。其先縱後橫。
與他不同。

나라말에
• 와 ㅡ는
ㅣ 소리로 시작하는 소리에는
쓰지 않는다.

아이들 말과
시골 변두리에서
가끔 사용하기도 한다.

마땅히
기긔 같이, 두 글자를 합해서 사용한다.

세로 글자를 먼저 쓰고,
이어 가로 글자를 쓰는 것이
다른 글자 합해 쓰는 것과 다르다.

訣曰 初聲在中聲左上 挹欲於諺用相同 中聲十一附初聲 圓橫書下右書縱 欲書終聲在何處 初中聲下接着寫 初終合用各並書 中亦有合悉自左 諺之四聲何以辨 平聲則弓上則石 刀爲去而筆爲入 觀此四物他可識

訣曰

初聲在中聲左上　挹欲於諺用相同　中聲十一附初聲
圓橫書下右書縱　欲書終聲在何處　初中聲下接着寫
初終合用各並書　中亦有合悉自左　諺之四聲何以辨
平聲則弓上則石　刀爲去而筆爲入　觀此四物他可識

칠언율(七言律)로
요점을 정리하면,

첫소리는
가운데소리 왼쪽이나 위에 있네.

흡(挹 ; ㆆ) 욕(欲 ; ㅇ)은,
우리말(諺語)에서는 같이 사용하네.
가운데소리 열한 자는
첫소리에 붙여 쓰네.

둥근 글자와 가로글자는
첫소리 아래에 사용하네.

오른쪽에는
세로글자를 사용하네.

끝소리를 쓰려면,
첫소리와 가운데소리
아래 붙여 쓰네.

첫소리, 끝소리는
나란히 합해 쓰고,

가운데소리도
모두 왼쪽에서부터 합하여 쓰네.

音因左點四聲分　一去二上無點平　語入無定亦加點
文之入則似去聲　方言俚語萬不同　有聲無字書難通
一朝制作侔神工　大東千古開朦朧


우리말 사성을 분별해 보면,
평성은 활(弓)이고,
상성은 :돌(石)이요,
거성은 ·갈(刀 ; 칼)이고,
입성은 붇(筆 ; 붓)이라네.

이렇게 네 개의 보기를 보면,
다른 것도 알 수 있네,

소리를 바탕으로,
왼쪽에 더한 점이,
사성을 구별 하네,

한 점은 거성, 두 점은 상성, 점이 없으면 평성이네,

우리말(諺語)의 입성은 일정하지 않네,
점을 더하고 있네,

문(韓字)의 입성은
거성과 비슷하네,

방언(方言)과 속된 말(俚語)도
같지 않네,

글자가 없는 말소리는
소통이 어렵다네,

하루아침에 만드심이 신의 솜씨라네,

오랜 세월이 지나서야
어둠에서 온 세상을 밝혀 주시게 되었다네.

## 6) 用字例 용자례

初聲

ㄱ。如:감爲柿。·글爲蘆。

ㅋ。如우·케爲未春稻。콩爲大豆。

ㆁ。如러·울爲獺。서·에爲流澌。

ㄷ。如·뒤爲茅。·담爲墻。

ㅌ。如고·티爲繭。두텁爲蟾蜍。

ㄴ。如노로爲獐。납爲猿。

ㅂ。如블爲臂。:벌爲蜂。

ㅍ。如·파爲葱。·폴爲蠅。

# 글자사용 보기

## 첫소리

ㄱ은

　　:감은 시(柿 ; 감)이고,

　　·글은 노(蘆 ; 갈대)이다.

ㅋ은

　　우·케은 미용도(未春稻 ; 찧기 위해 건조한 벼)이고,

　　콩은 대두(大豆 ; 콩)이다.

ㅇ은
  러·울은 달(獺 ; 수달)이고,
  서·에는 유시(流澌 ; 성에)이다.

ㄷ는
  ·뒤는 모(茅 ; 띠)이고,
  ·담은 장(墻 ; 담)이다.

ㅌ은
  고·티는 견(繭 ; 고치)이고,
  두텁은 섬여(蟾蜍 ; 두꺼비)이다.

ㄴ은
  노로는 장(獐 ; 노루)이고,
  납은 원(猿 ; 원숭이)이다.

ㅂ은
  볼은 비(臂 ; 팔)이고,
  :벌은 봉(蜂 ; 벌)이다.

ㅍ은
  ·파는 총(葱 ; 파)이고,
  ·폴은 승(蠅 ; 파리)이다.

ㅁ。如:뫼爲山。·마爲薯藇。
ㅸ。如사·비爲蝦。드·븨爲瓠。

ㅈ。如·자爲尺。죠·히爲紙。
ㅊ。如·체爲사麗。·채爲鞭。
ㅅ。如·손爲手。:셤爲島。

ㅎ。如·부헝爲鵂鶹。·힘爲筋。
ㅇ。如·비육爲鷄雛。·ᄇ얌爲蛇。

ㄹ。如·무뤼爲雹。어·름爲氷。
ㅿ。如아ᅀᆞ爲弟。:너시爲鴇。

ㅁ은
　:뫼는 산(山 ; 뫼)이고,
　·마는 서여(薯藇 ; 마)이다.

ㅸ은
　사·비는 하(蝦 ; 새우)이고,
　드·븨는 호(瓠 ; 뒤웅박)이다.

ㅈ는
　·자는 척(尺 ; 자)이고,
　죠·히는 지(紙 ; 종이)이다.

ㅊ은
·체는 사(麗 ; 체)이고,
·채는 편(鞭 ; 채찍)이다.

ㅅ은
·손은 수(手 ; 손)이고,
:셤은 도(島 ; 섬)이다.

ㅎ은
·부헝은 휴류(鵂鶹 ; 부엉이)이고,
·힘은 근(筋 ; 힘줄)이다.

ㅇ은
·비육은 계추(鷄雛 ; 병아리)이고,
·ᄇᆞ얌은 사(蛇 ; 뱀)이다.

ㄹ는
·무뤼는 박(雹 ; 우박)이고,
어·름은 빙(氷 ; 얼음)이다.

ㅿ는
아ᅀᆞ는 제(弟 ; 아우)이고,
:너ᅀᅵ는 보(鴇 ; 너새)이다。

中聲

- •。如·톡爲頤。풋爲小豆。
  ᄃ리爲橋。·ᄀ래爲楸。
- ㅡ。如·믈爲水。·발·측爲跟。
  그력爲鴈。드·레爲汲器。
- ㅣ。如·깃爲巢。:밀爲蠟。
  ·피爲稷。·키爲箕。

가운데 소리

• 는
  ·톡은 이(頤 ; 턱)이고,
  풋은 소두(小豆 ; 팥)이고,
  ᄃ리는 교(橋 ; 다리)이고,
  ·ᄀ래는 추(楸 ; 가래나무)이다.

ㅡ 는
  ·믈은 수(水 ; 물)이고,
  ·발·측은 근(跟 ; 발꿈치)이고,
  그력은 안(鴈 ; 기러기)이고,
  드·레는 급기(汲器 ; 두레박)이다.

ㅣ 는
  ·깃은 소(巢 ; 새집)이고,
  :밀은 납(蠟 ; 밀납)이고,
  ·피는 직(稷 ; 기장, 피)이고,
  ·키는 기(箕 ; 키)이다.

ㅗ。如·논爲水田。·톱爲鉅。
　호·미爲鉏。 벼·로爲硯。
ㅏ。如·밥爲飯。·낟爲鎌。
　이·아爲綜。사·ᄉᆞᆷ爲鹿。
ㅜ。如숫爲炭。·울爲籬。
　누·에爲蚕。구·리爲銅。
ㅓ。如브ᅀᅥᆸ爲竈。:널爲板。
　서·리爲霜。버·들爲柳。

ㅗ는
　·논은 수전(水田 ; 논)이고,
　·톱은 거(鉅 ; 톱)이고,
　호·미는 조(鉏 ; 호미)이고,
　벼·로는 연(硯 ; 벼루)이다.

ㅏ는
　·밥은 반(飯 ; 밥)이고,
　·낟은 겸(鎌 ; 낫)이고,
　이·아는 종(綜 ; 잉아)이고,
　사·ᄉᆞᆷ은 녹(鹿 ; 사슴)이다.

ㅜ는

    숫은 탄(炭 ; 숯)이고,

    ·울은 리(籬 ; 울타리)이고,

    누·에는 잠(蚕 ; 누에)이고,

    구·리는 동(銅 ; 구리)이다.


ㅓ는

    브섭은 조(竈 ; 부엌)이고,

    :널은 판(板 ; 널빤지)이고,

    서·리는 상(霜 ; 서리)이고,

    버·들은 류(柳 ; 버들)이다.

ㅛ。如:죵爲奴。·고욤爲梬。
·쇼爲牛。삽됴爲蒼朮菜。
ㅑ。如남샹爲龜。약爲鼅䵶。
다·야爲匜。쟈감爲蕎麥皮。
ㅠ。如율믜爲薏苡。쥭爲飯臿。
슈룹爲雨繖。쥬련爲帨。
ㅕ。如·엿爲飴餹。·뎔爲佛寺。
·벼爲稻。:져비爲燕。

ㅛ。는

:죵은 노(奴 ; 종)이고,

·고욤은 영(梬 ; 고욤)이고,

·쇼는 우(牛 ; 소)이고,

삽됴는 창출채(蒼朮菜 ; 삽주나물)이다.

ㅑ。는

남샹은 귀(龜 ; 남생이)이고,

약은 구벽(鼅䵶 ; 거북이)이고,

다·야는 이(匜 ; 대야)이고,

쟈감은 교맥피(蕎麥皮 ; 메밀 껍질)이다.

ㅠ。는

　죽은 반샵(飯舌 ; 밥주걱)이고,

　슈·룹은 우산(雨繖 ; 우산)이고,

　쥬련은 세(帨 ; 수건)이다.


ㅕ。는

　·엿은 이당(飴餹 ; 엿)이고,

　·뎔은 불사(佛寺 ; 절)이고,

　·벼는 도(稻 ; 벼)이고,

　:져비는 연(燕 ; 제비)이다.

終聲

ㄱ。如닥爲楮。독爲甕

ㆁ。如:굼벙爲蠐螬。·올챵爲蝌蚪。

ㄷ。如·갇爲笠。싣爲楓。

ㄴ。如·신爲屨。·반되爲螢。

ㅂ。如섭爲薪。·굽爲蹄。

ㅁ。如:범爲虎。:심爲泉。

ㅅ。如잣爲海松。·못爲池。

ㄹ。如·둘爲月。:별爲星之類。

끝소리

ㄱ은

　닥은 저(楮 ; 닥나무)이고,

　독은 옹(甕 ; 독)이다.

ㆁ은

　:굼벙은 제조(蠐螬 ; 굼벵이)이고,

　·올챵은 과두(蝌蚪 ; 올챙이)이다.

ㄷ은

　·갇은 입(笠 ; 갓)이고,

　싣은 풍(楓 ; 신나무)이다.

ㄴ은

　　·신은 구(屨 ; 신)이고,

　　·반되는 형(螢 ; 반디)이다.


ㅂ은

　　섭은 신(薪 ; 섶)이고,

　　·굽은 제(蹄 ; 발굽)이다.


ㅁ은

　　:범은 호(虎 ; 범)이고,

　　:심은 천(泉 ; 샘)이다.


ㅅ은

　　:잣은 해송(海松 ; 잣나무)이고,

　　·못은 지(池 ; 못)이다.


ㄹ은

　　·둘은 월(月 ; 달)이고,

　　:별은 성(星 ; 별)과 같은 것이다.

# 鄭麟趾序文 정인지서문

有天地自然之聲。
則必有天地自然之文
所以古人因聲制字。
以通萬物之情。
以載三才之道。
而後世不能易也。
然四方風土區別。
聲氣亦隨而異焉。
蓋外國

(정인지 서문)
세상에는 자연의 소리가 있으면
반드시 자연의 글자(韓字 ; 문)가
있기 때문이다.

선인들이
소리를 쫓아 글자를 만들어
만물(萬物)과 소통하게 하고,
삼재(三才)의 뜻을 심어
후손들이 감히 바꾸기는 어렵다.

그러나, 사방의 풍토(風土)가 있어,
다소 소리의 기운은 변하기도 한다.

之語。
有其聲而無其字。
假中國之字以通其用。
是猶枘鑿之鉏鋙也。
豈能達而無礙乎。
要皆各隨所處而安。
不可强之使同也。

之·징語:영有:율其끵聲셩而싱無뭉其끵字·쫑
·語:영之징字·쫑以:잉通통其끵用·용是·씽猶율枘쉉鑿·짝之징鉏
也:양豈:캥能능達·땅而싱無뭉礙·앵乎흥要·흉皆갱各·각
随쒱所:송處·쳥而싱安한不·붕可:캉强깡之징使:숭同똥
鋙:엉鉏쏭
也:양

대개
외국(外國)의 말은 소리는 있어도
그 글자가 없는 것도 있다.

가령,
중국(中國)의 글자를 사용하여
소통에 쓰기도 하는데,
호미에 자루를 강제로 끼어 넣어
맞추어 쓰는 격이라
글자 사용에도 어긋남이 있어,
소통하는데 걸림이 되어 왔다.

그러므로,
각기 모두가 처해있는 곳에 따라,
쓰임을 편하게 해서 사용하고,
억지로 똑같이 사용할 필요는 없다.

吾東方禮樂文章。

侔擬華夏。

但方言俚語。

不與之同。

學書者患其旨。

趣之難曉。

治獄者病其曲折之難通。

吾東方禮樂文章俟擬華夏但
方言俚語不與之同學書者患
其旨趣之難曉治獄者病其曲
折之難通

우리 동방은

예악(禮樂)과 문장(文章)이

화하(華夏 ; 중국 중원)에 견주어 왔으며,

지방 말(方言)과 세속의 말(俚語)이

같지 않아

글을 배우는 사람은 뜻을

이해하는 데 어려움을 걱정하였다.


옥사(獄舍)를 다스리는 사람도

그 곡절(曲折)을 알아 내는데

어려움이 있었다.

昔新羅薛聰。
始作吏讀。
官府民間。
至今行之。
然皆假字而用。
或澁或窒。
非但鄙陋無稽而已。
至於言語之間。
則不能達其萬一焉。

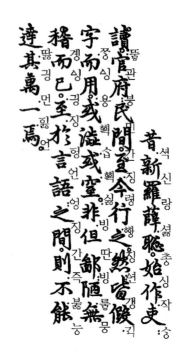

그 옛날
신라의 설총(薛聰)이
처음으로 이두(吏讀)를 만들어,
관청(官府)과 민간에서
지금까지 사용해 왔는데,
모두 한자(韓字)가 기반이어서,
어떤 것은 어색하고, 천해서 말로 통하는데
궁한 면도 있었다.

그래서
우리말에 쓰기에는
만분의 일이라도 통하기가 어려웠다.

癸亥冬。

我殿下創制正音二十八字。

略揭例義以示之。

名曰訓民正音。

象形而字倣古篆,

因聲而音叶七調。

三極之義。

二氣之妙。

莫不該括。

殿下·뗭·행 創制·챙·졩 正音·졍·흠 二十八·싑·밣 字·쭝 略揭·략·겷 形而字·혱·싱·쭝 倣古篆·방·공·쪈 因聲而音·힌·셩·싱·흠 叶七·엽·칧 調·뚷 三極·삼·끅 之義·징·읭 二氣·싱·킝 之妙·징·뮳 莫不·막·붏 該·갱 括·괋

例義以示之·롕·읭·잉·싱·징 名曰·명·욇 訓民正音·훈·민·졍·흠 象·썅

癸亥冬·궹·힝·동 我·앙 殿下·뗭·행 創制·챙·졩 正音·졍·흠 二十·싏·씹 八·밣 字·쫑 略·략 揭·겷

계해(癸亥)년 겨울에,

우리 전하(殿下)께서,

정음(正音) 스물여덟 자를

창제(創制)하시고,

간략하게 예의(例義)를

들어 보이시고,

이름을

[훈민정음(訓民正音)]이라 하였다.

글자는
고전(古篆)을 모방하고,
사물의 모양을 본떴다.

소리가
조음으로 이루어져,
소리가 칠조(七調)에 들어맞고,
삼재(三極)의 뜻과
음양(二氣)의 기운(妙)을 갖고 있으니,
못할 말이 없게 되었다.

以二十八字而轉換無窮。
簡而要。精而通。
故智者不終朝而會。
愚者可浹旬而學。

括以二十八字而轉換無窮簡
而要精而通。故智者不終朝而
會愚者可浹旬而學

:괄ᄋᆡᆼ싱·씹·밣·쫑싱·뒌·ᅘ᠊ᅯᆫ·몽꿍간
ᅙᅵᆼ·홇정·ᅙᅵᆼ·통귕·공딩·짒·불쥬·뚕싱
ᅙᅱᆼ:ᅙᅮᆼ·젼:캉심·균싱·ᅘᅡᆨ

스물여덟 자로
말소리를 표현이
무한하고, 단순하면서, 요긴하며,
소통하는데 어려움이 없게 되었다.

그러므로
지혜로운 사람은
아침 해가 지나기 전에
깨우칠 것이고,
어리석은 사람도
열흘이면 익혀 쓸 수 있다.

以是解書。可以知其義。
以是聽訟。可以得其情。
字韻則淸濁之能辨。

樂歌則律呂之克諧。
無所用而不備。
無所往而不達。雖風聲鶴唳。
雞鳴狗吠。皆可得而書矣。

글자로서 풀이하면
그 뜻을 알 수가 있고,
송사(訟事)를 들어보면
그 실정을 알 수 있다.

한자음(字韻)에 써보면
맑고 흐림(淸濁)을
분별할 수가 있고,

음악(音樂)으로 풀어쓰면
율려(律呂)가 고르게 되고,

그 어떤 쓰임에도
갖추지 못한 것이 없어
소통 못할 일이 없다.

또한,
바람소리, 학 울음소리,
닭 울음소리, 개 짖는 소리까지도
모두 글로 적을 수 있게 되었다.

遂命詳加解釋。
以喻諸人。於是。
臣與集賢殿。

應敎。
臣崔恒。

副校理
臣朴彭年。臣申叔舟。

修撰
臣 成三問。

敦寧府注簿
臣 姜希顔。

行集賢殿 副修撰
臣 李塏。臣 李善老等。

마침내,
상세하게 풀이하여
사람들을 깨우치게 하라.

명하시니,
이에
신(臣), 집현전

응교(集賢殿 應敎).
신(臣),최 항(崔恒),

부교리(副校理)
신(臣), 박 팽년(朴彭年), 신 숙주(申叔舟),

수찬(修撰)
신(臣), 성 삼문(成三問),

돈녕부(敦寧府) 주부(注簿)
신(臣), 강 희안(姜希顔),

행 집현전 부수찬(行 集賢殿 副修撰)
신(臣), 이 개(李塏), 신(臣), 이 선로(李善老) 등
과 더불어

謹作諸解及例。以敍其梗槩。
庶使觀者不師而自悟。
若其淵源精義之妙。
則非臣等之所能發揮也。

삼가
모든 풀이와 보기를 들어가면서
개략(梗槩) 서술하였다.

읽어보면 스승 없이도
스스로 깨치게 될 것임을
알 수 있다.

그 연원(淵源)의 정확한 뜻과
오묘(奧妙)한 것들을
신(臣)들은 감히
알아낼 수는 없는 것이다.

164

恭惟我殿下。天縱之聖。
制度施爲超越百王。
正音之作。無所祖述。
而成於自然。
豈以其至理之無所不在。
而非人爲之私也。

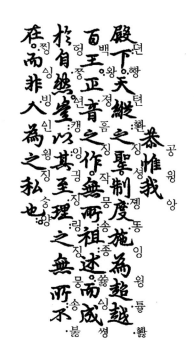

공손히 생각하옵건대,
우리 전하(殿下)께서는
하늘이 내린
성인(聖人)으로,

제도를 만들고 베풂이,
모든
임금을 뛰어넘으셨다.

정음(正音)의 지으심도,
선인들의 설을
이어 받지도 않았다.

또한,
한 개인의
사심(私心)으로,
이루려 하지도 않았다.

오직,
모두 자연의 이치를 따라,
이루어낸 것일 뿐이다.

夫東方有國，不爲不久，
而開物成務之大智，
蓋有待於今日也歟。

正統十一年九月上澣。
資憲大夫

대체로
동방에 나라가 들어선 지가
오래 되었건만,
만물을 열어
큰 일을 이루는 지혜는
오늘을 기다리고 있었음이라.

정통 11년 9월 상한.

# 訓民正音

禮曹判書
集賢殿大提學
知春秋館事
世子 右賓客
臣鄭麟趾 拜手稽首謹書

訓民正音 훈민정음

# 훈민정음

자헌대부, 예조판서(禮曹判書),
집현전(集賢殿) 대제학(大提學),
지춘추관사(知春秋館事),

세자(世子) 우빈객(右賓客)
신, 정 인지(鄭麟趾)는

공손히 두 손 모으고,
머리 숙여 삼가 글을 써서 올립니다.

公州大學校 工科大學, 敎授

附設 世宗科學文化硏究所, 所長

光云大學校 電子工學科 學士, 碩士, 博士

竹淸, 金 丞煥 解例 (2015).

# 訓民正音 四字成語

竹清.  2015.

## 훈

뜻을
글자(한자)마다
정하고 익혀
제 뜻을 펼 수 있는 마음 소리.

## 민

백성이
듣고 말하고
읽고 쓰고
노래하며 소통하는 사람 소리.

# 정

바르게
읽고 쓰고
듣고 말하고,
첫소리 가운데소리 끝소리
함께 어울려 쓰는 바른 소리.


# 음

소리가
높고 낮고
길고 짧고
맑고 흐리고,
올리고 내리면서,
일곱 가락에 들어맞고
촉급하게 끊어대는 아름 소리.

# 韓契한글

　韓한의 音쌀음쌀 말글이다.
'韓한'의 받침소리 'ㄴ'音음을 낼 수 없으면 終聲종성 받침소리는 다음 初聲초성 첫소리로 이동한다.
첫소리가 된 'ㄴ'은 中聲중성 가운데소리를 만나 소리를 만들어 낸다.
　韓民族한민족은 中聲중성 가운데소리 'ㅡ'소리를 할 수 있어 '느'소리를 낼 수 있다.
소리는 첫소리(初聲), 가운데소리(中聲), 끝소리(終聲)로 이루어진다.
'느'에 종성 'ㄹ'을 넣어 소리가 충분히 날리게 하니 '하늘'소리가 된 것이다.
　하늘에 尊稱존칭을 붙이니 하느님이 되었고, 慶尙道경상도 영어권에서는 'ㅡ'소리가 어려워 'ㅏ'소리가 되니, 하느님은 하나님이 된 것이다.

　'韓한'은 유라시아로 이동하면서 '칸'으로 강하게 소리를 내게 되었고, 영어권에서는 '킹'으로 소리가 變貌변모하였다.
　'킹'은 왕을 칭하는 절대權力者권력자를 의미하고, 王왕은 帝國제국을 지배하는 권력의 象徵상징이 되었다. 유라시아 지역의 중앙아시아 각 國家국가들은 나라 이름에 '탄'을 부여하고 있다.

　韓民族한민족은 歷史的역사적으로 많은 侵略침략을 外勢외세로부터 받아왔다.
침략을 당할 때마다 王族왕족, 貴族귀족, 知識人지식인들은 살아남기 위해 祖國조국을 떠날 수밖에 없었다.

이들은 유라시아 지역으로 이동, 定着정착하면서 새로운 국가를 세우는데 이바지하였다.

韓한의 나라들은 옛 우리들의 宣祖선조들의 숨결이 녹아있는 것이다.


한글은 한의 나라에서 쓰는 말글이다.

말은 古朝鮮고조선 시대에도 고조선 말이 있었고 그 말소리를 땅에다 나뭇가지 등으로 긁으면서 그림 그리듯 그려 사용하였다. 긁을 때 긁는 소리가 나고, 사람의 입에서 긁는 소리를 再現재현하면서 말소리를 받아 적는 行爲행위에서 '契글'이라는 말이 生成생성되었다.

'契글'은 그림으로도 말하게 되었고, 영어권에서는 그림을 그래프(graph), 그램(gram)으로 소리가 변하였다.

고조선 말을 받아 적은 글자가 있었다. 글자(韓字)에 토를 달아 사용하였다. 그림 글자에 토를 달았다 해서 '가림토'라 하였다. 편의상 '가림토문자'라고 부르고 있다.


글자의 모양은 事物사물의 形態형태를 含蓄함축해서 그려 놓기도 하고, 現想현상을 自然자연의 소리와 連貫연관시켜 말소리를 입혀 새 글자를 탄생시킨다.

韓字한자로 정해 쓰지 못하는 자연의 소리는 사람이 말소리를 내는 氣管기관의 위치와 음양오행의 理致이치로 그 소리를 再現재현해서 만든 正音정음을 함께 사용하고 있다.

글자의 뜻을 익혀 사용하기 위해서는 學習학습이 필요하고, 말로 설명하기 위해서는 글자에 말·글·뜻이 하나의 구조에 形成형성시켜야 한다는 사실을 알게 되었다.

그러므로 글자에는 말로 할 수 있는 소리 情報정보가 항상 포함하고 있어 글자를 읽을 수 있고 말을 할 수 있는 것이다.

한글은 그림 형태의 글자 韓字한자와 정음을 이르는 것으로 韓民族한민족이 사용하는 말글을 말한다. 韓字한자말과 자연의 소리 말을 모두 정음으로 받아쓰는 글자를 通稱통칭해서 '韓契한글'이라 한다. 한글은 韓國語한국어를 모두 받아 적는 契字글자인 것이다.

저 자 와 의
합 의 하 에
인 지 생 략

**과학으로 풀어쓴**
# 訓 民 正 音
## [•훈 민•정 흠]

2015년 6월 20일 인쇄
2015년 6월 25일 발행

저  자 | 金 丞 煥
발 행 처 | 이화문화출판사

　　　　 서울시 종로구 사직로 10길 17 내자동
　　　　 02 – 738 – 9880 대표전화
　　　　 02 – 732 – 7091〜3 구입문의
　　　　 02 – 725 – 9887 팩스
　　　　 www.makebook.net

I S B N | 979–11–5547–178–4 03800

**定價 15,000원**

※ 본 책의 내용을 무단으로 복사 또는 복제할 경우, 저작권법의 제재를 받습니다.
※ 잘못 만들어진 책은 바꾸어 드립니다.